KB084046

날개

아시아에서는 《바이링궐 에디션 한국 대표 소설》을 기획하여 한국의 우수한 문학을 주제별로 엄선해 국내외 독자들에게 소개합니다. 이 기획은 국내외 우수한 번역가들이 참여하여 원작의 품격을 최대한 살렸습니다. 문학을 통해 아시아의 정체성과 가치를 살피는 데 주력해 온 아시아는 한국인의 삶을 넓고 깊게 이해하는 데 이 기획이 기여하기를 기대합니다.

Asia Publishers presents some of the very best modern Korean literature to readers worldwide through its new Korean literature series ⟨Bilingual Edition Modern Korean Literature⟩. We are proud and happy to offer it in the most authoritative translation by renowned translators of Korean literature. We hope that this series helps to build solid bridges between citizens of the world and Koreans through a rich in-depth understanding of Korea.

바이링궐 에디션 한국 대표 소설 091

Bi-lingual Edition Modern Korean Literature 091

Wings

이상

날개

Yi Sang

ASIA
PUBLISHERS

Contents

날개

Wings

'박제가 되어 버린 천재'를 아시오? 나는 유쾌하오. 이런 때 연애까지가 유쾌하오.

육신이 흐느적흐느적하도록 피로했을 때만 정신이 은화(銀貨)처럼 맑소. 니코틴이 내 횟배 앓는 배 속으로 스미면 머릿속에 으레 백지가 준비되는 법이오. 그 위에다 나는 위트와 패러독스를 바둑 포석처럼 늘어놓소. 가증할 상식의 병이오.

나는 또 여인과 생활을 설계하오. 연애 기법에마저 서먹서먹해진, 지성의 극치를 흘낏 좀 들여다본 일이 있는, 말하자면 일종의 정신 분일자(情神奔逸者) 말이오.

Have you ever met a stuffed genius?

Look no farther. I'm one. And I feel good about it.

Makes me feel good about romance too.

My mind only begins to glint like a silver coin when my body creaks with fatigue. Nicotine takes over my wormy tummy, and a clean page opens in my mind where I can plop down my *paduk* stones of wit and paradox. It's known as the awful disease of common sense.

I'm drawing up plans to live with a woman again. I'm a bit of a schizophrenic, inadequate in the arts of love but aware of the acme of intellectualism. I

이런 여인의 반(半)—그것은 온갖 것의 반이오—만을 영수(領受)[1]하는 생활을 설계한다는 말이오. 그런 생활 속에 한 발만 들여놓고 흡사 두 개의 태양처럼 마주 쳐 다보면서 낄낄거리는 것이오. 나는 아마 어지간히 인생 의 제행(諸行)이 싱거워서 견딜 수가 없게끔 되고 그만 둔 모양이오. 굿바이.

굿바이. 그대는 이따금 그대가 제일 싫어하는 음식을 탐식하는 아이러니를 실천해 보는 것도 좋을 것 같소. 위트와 패러독스와…….

그대 자신을 위조하는 것도 할 만한 일이오. 그대의 작품은 한 번도 본 일이 없는 기성품에 의하여 차라리 경편(輕便)[2]하고 고매하리다.

19세기는 될 수 있거든 봉쇄하여 버리오. 도스토옙스 키 정신이란 자칫하면 낭비인 것 같소. 위고를 불란서 의 빵 한 조각이라고는 누가 그랬는지 지언(至言)[3]인 듯 싶소. 그러나 인생 혹은 그 모형에 있어서 디테일 때문 에 속는다거나 해서야 되겠소? 화(禍)를 보지 마오. 부 디 그대께 고하는 것이니…….

(테이프가 끊어지면 피가 나오. 생채기도 머지않아 완치될 줄

10

plan a life where I have half the woman—that's half of everything. I plan to dip one foot in, sort of like two giggling suns staring at each other. Maybe life is so boring I've opted out. Goodbye.

Goodbye. It might be good occasionally to practice the ultimate irony: guzzle down the dishes you dislike most. Wit and paradox and...

Maybe construct an artificial self, not a novel readymade product, but something convenient and saleable.

Block out the 19th century—if you can—from your consciousness. The Dostoevsky spirit is garbage. And I don't know who called Hugo a chunk of French bread, but the comment is apt. You can't afford to let life or the personality quirk of a life model deceive you. And don't seek out calamity. Do you understand what I'm saying... When the band-aid bursts, you get blood. You just have to believe the wound will heal soon. Goodbye.

Emotion is pose (maybe more accurately an indicator of a small element in pose). When pose intensifies to immobility, emotion cuts off its supply, My view of the world comes from reflection on the unusual course of my development.

Queen bee and widow. Is there a woman in the

믿소. 굿바이.)

감정은 어떤 포즈. (그 포즈의 소[素]⁴⁾만을 지적하는 것이 아닌지나 모르겠소.) 그 포즈가 부동자세에까지 고도화할 때 감정은 딱 공급을 정지합네.

나는 내 비범한 발육을 회고하여 세상을 보는 안목을 규정하였소.

여왕봉(女王蜂)⁵⁾과 미망인—세상의 하고많은 여인이 본질적으로 이미 미망인 아닌 이가 있으리까? 아니! 여인의 전부가 그 일상에 있어서 개개 '미망인'이라는 내 논리가 뜻밖에도 여성에 대한 모독이 되오? 굿바이.

그 33번지라는 것이 구조가 흡사 유곽이라는 느낌이 없지 않다.

한 번지에 18가구가 죽 어깨를 맞대고 늘어서서 창호가 똑같고 아궁이 모양이 똑같다. 게다가 각 가구에 사는 사람들이 송이송이 꽃과 같이 젊다. 해가 들지 않는다. 해가 드는 것을 그들이 모른 체하는 까닭이다. 턱살 밑에다 철줄을 매고 얼룩진 이부자리를 널어 말린다는

world who isn't a widow in her heart? I see all women as widow natured. Is this insulting to women? Goodbye.

No. 33 is set up a bit like a brothel. Eighteen houses shoulder to shoulder; one roof; identical papered doors, identical fire holes in the kitchen; and the residents are all young flowers. The sun doesn't come in here. The girls pretend to be unaware of the rising sun. They stop the sun getting in by running a clothes line across their sliding doors and hanging stained bedding up to dry. They nap in the dark interiors. Don't they sleep at night? How would I know? I sleep day and night myself. The eighteen households in No. 33 spend quiet days.

But only the days are quiet. At dusk when the girls bring in the bedding and light the lamps, the houses take on a much more exotic appearance. And as the night progresses, doors slide open and shut more frequently. No. 33 becomes busy, busy. And it exudes all sorts of smells: grilling mackerel, foundation cream, rice water, soap...

But it's the nameplates that really put the heads nodding. No. 33 has a sort of collective main gate—

핑계로 미닫이에 해가 드는 것을 막아버린다. 침침한 방 안에서 낮잠들을 잔다. 그들은 밤에는 잠을 자지 않나? 알 수 없다. 나는 밤이나 낮이나 잠만 자느라고 그런 것은 알 길이 없다. 33번지 18가구의 낮은 참 조용하다.

조용한 것은 낮뿐이다. 어둑어둑하면 그들은 이부자리를 걷어 들인다. 전등불이 켜진 뒤의 18가구는 낮보다 훨씬 화려하다. 저물도록 미닫이 여닫는 소리가 잦다. 바빠진다. 여러 가지 냄새가 나기 시작한다. 비웃[6] 굽는 내, 탕고도란[7] 내, 뜨물 내, 비누 내…….

그러나 이런 것들보다도 그들의 문패가 제일로 고개를 끄덕이게 하는 것이다. 이 18가구를 대표하는 대문이라는 것이 일각이 져서 외따로 떨어지기는 했으나 있다. 그러나 그것은 한 번도 닫힌 일이 없는 행길이나 마찬가지 대문인 것이다. 온갖 장사치들은 하루 가운데 어느 시간에라도 이 대문을 통하여 드나들 수가 있는 것이다. 이네들은 문간에서 두부를 사는 것이 아니라 미닫이만 열고 방에서 두부를 사는 것이다. 이렇게 생긴 33번지 대문에 그들 18가구의 문패를 몰아다 붙이는 것은 의미가 없다. 그들은 어느 사이엔가 각 미닫이 위 백인당(百忍堂)이니 길상당(吉祥堂)이니 써 붙인 한 곁에

at a bit of a remove and never closed, a continuation of the street really. Peddlers stream in and out all day long. The girls don't go to the gate to buy bean curd; they buy in their rooms. Obviously then, there's little point in having eighteen nameplates on the main gate. Instead the girls have signs over their sliding doors—Hall of Great Patience, Hall of Good Fortune and so on; each girl puts her card in a corner of the sign.

In our place—well, it's really my wife's place—we follow the house custom: my wife's card—about the size of four cigarette packs—sits over the sliding door.

I don't mix with the residents. I don't even greet them. I don't want to greet anyone except my wife because it seems to me that greeting people or mixing with people would not be good for my wife's reputation. That's how important she is to me. Why do I prize her so? I prize her because she is a flower among flowers. Like her name card, she is the smallest and the most beautiful of the flowers in the eighteen houses. She lights up a sunless area under the galvanize roof. The way I cling to this beautiful flower makes me indescribably ashamed

다 문패를 붙이는 풍속을 가져버렸다.

　내 방 미닫이 위 한 곁에 칼표[8] 딱지를 넷에다 낸 것만 한 내—아니! 내 아내의 명함이 붙어 있는 것도 이 풍속을 좇은 것이 아닐 수 없다.

　나는 그러나 그들의 아무와도 놀지 않는다. 놀지 않을 뿐만 아니라 인사도 않는다. 나는 내 아내와 인사하는 외에 누구와도 인사하고 싶지 않았다.

　내 아내 외의 다른 사람과 인사를 하거나 놀거나 하는 것은 내 아내 낯을 보아 좋지 않은 일인 것만 같이 생각이 들었기 때문이다. 나는 이만큼까지 내 아내를 소중히 생각한 것이다.

　내가 이렇게까지 내 아내를 소중히 생각한 까닭은 이 33번지 18가구 가운데서 내 아내가 내 아내의 명함처럼 제일 작고 제일 아름다운 것을 안 까닭이다. 18가구에 각기 별러[9] 든 송이송이 꽃들 가운데서도 내 아내는 특히 아름다운 한 떨기의 꽃으로 이 함석지붕 밑 볕 안 드는 지역에서 어디까지든지 찬란하였다. 따라서 그런 한 떨기 꽃을 지키고—아니 그 꽃에 매어달려 사는 나라는 존재가 도무지 형언할 수 없는 거북살스러운 존재가 아

to be who I am.

I love my room—it's not really a house; we don't have a house. The temperature is right for my body temperature and the degree of dimness is appropriate for good sight. I never aspired to a cooler or warmer room; I don't want a room that's brighter or more comfortable. This room fulfills my needs, and I reciprocate with feelings of gratitude. I am delighted by the thought that perhaps I came into the world with this room in mind.

I don't calculate happiness or unhappiness. In other words, when I'm happy, I don't need to think, and by the same token, when I'm unhappy, I find it unnecessary to think. To spend each day as it comes in utter unthinking idleness, for me that is the ultimate perfection—no more to be said. I'm most content, most at ease idling my time away in a room that matches my mind and body. In other words, I have reached an absolute state of being that forswears worldly considerations such as happiness and unhappiness. And I like this.

If you count from the main gate inwards, my room—my absolute space—is room seven. A bit of Lucky Seven, I suppose. I love the number 7; to me

닐 수 없었던 것은 물론이다.

　나는 어디까지든지 내 방이—집이 아니다. 집은 없다
—마음에 들었다. 방 안의 기온은 내 체온을 위하여 쾌
적하였고, 방 안의 침침한 정도가 또한 내 안력(眼力)을
위하여 쾌적하였다. 나는 내 방 이상의 서늘한 방도, 또
따뜻한 방도 희망하지 않았다. 이 이상으로 밝거나 이
이상으로 아늑한 방을 원하지 않았다. 내 방은 나 하나
를 위하여 요만한 정도를 꾸준히 지키는 것 같아 늘 내
방이 감사하였고, 나는 또 이런 방을 위하여 이 세상에
태어난 것만 같아서 즐거웠다.

　그러나 이것은 행복이라든가 불행이라든가 하는 것
을 계산하는 것은 아니었다. 말하자면 나는 내가 행복
되다고도 생각할 필요가 없었고, 그렇다고 불행하다고
도 생각할 필요가 없었다. 그냥 그날그날을 그저 까닭
없이 펀둥펀둥 게으르고만 있으면 만사는 그만이었던
것이다.

　내 몸과 마음에 옷처럼 잘 맞는 방 속에서 뒹굴면서
축 처져 있는 것은 행복이니 불행이니 하는 그런 세속
적인 계산을 떠난 가장 편리하고 안일한, 말하자면 절

it's like a government decoration. Who'd guess that this room, split in two by a paper partition, is a symbol of my karma?

The sun comes into the outer room—a book-jacket-sized chunk of early morning sunlight; by afternoon when it leaves, it's reduced to the size of a handkerchief. The sun never gets into the inner room, which, needless to say, is my room. I can't remember whether it was me or my wife decided she should have the room with the sunlight and I should have the room with no sunlight. But I have no complaints.

When my wife goes out for the day, I slip quickly into her room and open the window on the east side. When I open the window, streaming sunlight plays across her dressing table until all the tiny bottles glitter sumptuously. Looking at this glittering array is a joy beyond words. I take out a tiny magnifying glass and drag it across the *chirigami* tissue my wife uses and I play the fire game, refracting the parallel sunrays and concentrating them into a focal point until the tissue scorches and a slender thread of smoke appears. The savor of impatient anxiety I experience during those few seconds while waiting

19

대적인 상태인 것이다. 나는 이런 상태가 좋았다.

이 절대적인 내 방은 대문간에서 세어서 똑 일곱째 칸이다. 럭키 세븐의 뜻이 없지 않다. 나는 이 일곱이라는 숫자를 훈장처럼 사랑하였다. 이런 이 방이 가운데 장지로 말미암아 두 칸으로 나뉘어 있었다는 그것이 내 운명의 상징이었던 것을 누가 알랴?

아랫방은 그래도 해가 든다. 아침결에 책보만 한 해가 들었다가 오후에 손수건만 해지면서 나가버린다. 해가 영영 들지 않는 윗방이 즉 내 방인 것은 말할 것도 없다. 이렇게 볕 드는 방이 아내 해[10]이오, 볕 안 드는 방이 내 해이오 하고 아내와 나 둘 중에 누가 정했는지 나는 기억하지 못한다. 그러나 나에게는 불평이 없다.

아내가 외출만 하면 나는 얼른 아랫방으로 와서 그 동쪽으로 난 들창을 열어놓고, 열어놓으면 들이비치는 볕살이 아내의 화장대를 비춰 가지각색 병들이 아롱이지면서 찬란하게 빛나고, 이렇게 빛나는 것을 보는 것은 다시없는 내 오락이다. 나는 쪼꼬만 '돋보기'를 꺼내 가지고 아내만이 사용하는 지리가미[11]를 그슬려 가면서 불장난을 하고 논다. 평행광선을 굴절시켜서 한 초

for the inevitable hole to burn in the paper brings a thrill of exquisite pleasure so acute I think I'll die.

When I tire of the fire game I take out my wife's hand mirror and play all sorts of games with it. The only practical use a mirror has is to show your face; otherwise it's a toy.

I soon tire of this too. The focus of my amusement moves from physical things to the things of the mind. I toss aside the hand mirror and move to my wife's dressing table, to the wide variety of cosmetic bottles lined up on display there. These bottles are the most glamorous things in the world. I choose one, pull out the stopper, put the bottle to my nose and take a gentle breathless sniff. An exotic sensual fragrance seeps into my lungs and I find myself closing my eyes in involuntary reaction. It's clearly a splash of my wife's body smell. I put the stopper back in the bottle. From what part of my wife's body do I get this smell? I'm not sure. Why? Because the smell is the accumulation of all my wife's body smells.

My wife's room always glitters. In contrast with my room which hasn't a single nail in the wall, my wife's room has a ring of nails under the ceiling, on

점에 모아 가지고 고 초점이 따근따근해지다가 마지막
에는 종이를 그슬리기 시작하고 가느다란 연기를 내면
서 드디어 구멍을 뚫어놓는 데까지 이르는 고 얼마 안
되는 동안의 초조한 맛이 죽고 싶을 만치 내게는 재미
있었다.

이 장난이 싫증이 나면 나는 또 아내의 손잡이 거울
을 가지고 여러 가지로 논다. 거울이란 제 얼굴을 비칠
때만 실용품이다. 그 외의 경우에는 도무지 장난감인
것이다.

이 장난도 곧 싫증이 난다. 나의 유희심은 육체적인
데서 정신적인 데로 비약한다. 나는 거울을 내던지고
아내의 화장대 앞으로 가까이 가서 나란히 늘어 놓인
고 가지각색의 화장품 병들을 들여다본다. 고것들은 세
상의 무엇보다도 매력적이다. 나는 그중의 하나만을 골
라서 가만히 마개를 빼고 병 구멍을 내 코에 가져다 대
고 숨죽이듯이 가벼운 호흡을 하여 본다. 이국적인 센
슈얼한 향기가 폐로 스며들면 나는 저절로 스르르 감기
는 내 눈을 느낀다. 확실히 아내의 체취의 파편이다. 나
는 도로 병마개를 막고 생각해 본다. 아내의 어느 부분
에서 요 냄새가 났던가를……. 그러나 그것은 분명치

each of which is hung one of her splendid skirts or blouses. The variegated array of patterns is lovely to look at. I always imagine my wife naked under these skirts and I think of her assuming various poses—I'm afraid I'm not very gentlemanly in my imaginings.

Of course, I don't have clothes. My wife doesn't give me clothes. The corduroy suit I wear serves for sleep wear, everyday wear and special wear. And I have a high-neck sweater that I use as undershirt throughout the year. All my clothes are dark colored. I guess this is so that they won't look too bad until they can be washed. I wear soft sarumada underwear with elastic in the waist and legs, and I play to my heart's content without making a sound.

Before I know it, the sunlight handkerchief has left the room; my wife isn't back yet. Already I'm a bit fatigued from my activities and I figure I should be in my own room when she gets here, so I cross over to my own room. It's dark. I pull the quilt over my head and take a nap. I never fold away my bedding, so it has a very welcoming intimacy, like an extension of my body. Sometimes sleep comes

않다. 왜? 아내의 체취는 요기 늘어섰는 가지각색 향기의 합계일 것이니까.

아내의 방은 늘 화려하였다. 내 방이 벽에 못 한 개 꽂히지 않은 소박한 것인 반대로 아내 방에는 천장 밑으로 쫙 돌려 못이 박히고 못마다 화려한 아내의 치마와 저고리가 걸렸다. 여러 가지 무늬가 보기 좋다. 나는 그 여러 조각의 치마에서 늘 아내의 동체(胴體)[12]와 그 동체가 될 수 있는 여러 가지 포즈를 연상하고 연상하면서 내 마음은 늘 점잖지 못하다.

그렇건만 나에게는 옷이 없었다. 아내는 내게는 옷을 주지 않았다. 입고 있는 코르덴 양복 한 벌이 내 자리옷이었고 통상복과 나들이옷을 겸한 것이었다. 그리고 하이넥의 스웨터가 한 조각 사철을 통한 내 내의다. 그것들은 하나같이 다 빛이 검다. 그것은 내 짐작 같아서는 즉 빨래를 될 수 있는 데까지 하지 않아도 보기 싫지 않도록 하기 위한 것이 아닌가 한다. 나는 허리와 두 가랑이 세 군데 다 고무 밴드가 끼어 있는 부드러운 사루마타[13]를 입고 그리고 아무 소리 없이 잘 놀았다.

24

easily. Other times I ache all over and I can't get to sleep. That's when I pick a study topic. I've made a lot of discoveries under my damp quilt. I've written a lot of dissertations, composed a lot of poems. But when I fall asleep, all my discoveries dissolve like soap in the moist air that fills the room. And when I waken again, my insides are like a pillow stuffed with cotton rags or buckwheat husks; I'm a raw nerve in clothes.

I hate bedbugs most of all. Even in winter there's always a few in my room, and if there's anything that bothers me in this world, it's those damn bedbugs. When they bite, I scratch the itchy spot till it bleeds. The bite smarts. It's a profoundly pleasurable sensation. I fall into a deep satisfying sleep.

My intellectual life under the quilt brings no positive outcomes. There is no necessity for them. Were there positive outcomes, I would have to discuss them with my wife, which means I would certainly get an earful from her. It's not so much that I'm afraid of being reproved by my wife as that I find the process irritating. I'd prefer to be the laziest animal than have to work as an integral member of society or be lectured by my wife. I wish I could cast off this meaningless human mask.

어느덧 손수건만 해졌던 볕이 나갔는데 아내는 외출에서 돌아오지 않는다. 나는 요만 일에도 좀 피곤하였고, 또 아내가 돌아오기 전에 내 방으로 가 있어야 될 것을 생각하고 그만 내 방으로 건너간다. 내 방은 침침하다. 나는 이불을 뒤집어쓰고 낮잠을 잔다. 한 번도 걷은 일이 없는 내 이부자리는 내 몸뚱이의 일부분처럼 내게는 참 반갑다. 잠은 잘 오는 적도 있다. 그러나 또 전신이 까칫까칫하면서 영 잠이 오지 않는 적도 있다. 그런 때는 아무 제목으로나 제목을 하나 골라서 연구하였다. 나는 내 좀 축축한 이불 속에서 참 여러 가지 발명도 하였고 논문도 많이 썼다. 시도 많이 지었다. 그러나 그것들은 내가 잠이 드는 것과 동시에 내 방에 담겨서 철철 넘치는 그 흐늑흐늑한 공기에 다 비누처럼 풀어져서 온 데간데가 없고 한잠 자고 깬 나는 속이 무명 헝겊이나 메밀껍질로 띵띵 찬 한 덩어리 베개와도 같은 한 벌 신경이었을 뿐이고 뿐이고 하였다.

그러기에 나는 빈대가 무엇보다도 싫었다. 그러나 내 방에서는 겨울에도 몇 마리의 빈대가 끊이지 않고 나왔다. 내게 근심이 있었다면 오직 이 빈대를 미워하는 근심일 것이다. 나는 빈대에게 물려서 가려운 자리를 피

I'm discomfited by human society; I'm discomfited by life. It's all so alienating.

My wife washes twice a day. I don't even wash once. I go to the loo during the night, usually around four or five o'clock in the morning. On bright moonlit nights, I like to stand for a while absent-mindedly in the yard before coming back in. So, you see, I rarely come face to face with any of the occupants of our eighteen houses, and yet I remember the faces of almost half the young women that live here. None of them is as pretty as my wife.

Around 11 in the morning my wife washes herself for the first time; a rather basic affair. The second wash about 7 in the evening is much more demanding. She wears better, cleaner clothes at night than during the day. She goes out in the daytime and she also goes out at night.

Has my wife a job? I have no way of knowing what her job is. If she hadn't a job, she could stay at home like me—there'd be no need to go out. But she goes out. Not only does she go out, she also has a lot of callers. On days when she has a lot of callers I have to stay in my room under the quilt. I can't play the fire game; I can't sniff her cosmetics.

가 나도록 긁었다. 쓰라리다. 그것은 그윽한 쾌감에 틀림없었다. 나는 혼곤히 잠이 든다.

나는 그러나 그런 이불 속의 사색 생활에서도 적극적인 것을 궁리하는 법이 없다. 내게는 그럴 필요가 대체 없었다. 만일 내가 그런 좀 적극적인 것을 궁리해 내었을 경우에 나는 반드시 내 아내와 의논하여야 할 것이고 그러면 반드시 나는 아내에게 꾸지람을 들을 것이고 —나는 꾸지람이 무서웠다느니보다는 성가셨다. 내가 제법 한 사람의 사회인의 자격으로 일을 해보는 것도, 아내에게 사설 듣는 것도.

나는 가장 게으른 동물처럼 게으른 것이 좋았다. 될 수만 있으면 이 무의미한 인간의 탈을 벗어버리고도 싶었다.

나에게는 인간 사회가 스스러웠다. 생활이 스스러웠다.[14] 모두가 서먹서먹할 뿐이었다.

아내는 하루에 두 번 세수를 한다. 나는 하루 한 번도 세수를 하지 않는다. 나는 밤중 3시나 4시 해서 변소에 갔다. 달이 밝은 밤에는 한참씩 마당에 우두커니 섰다가 들어오곤 한다. 그러니까 나는 이 18가구의 아무와

That's when I get consciously depressed. And then she gives me money. A fifty *chŏn* silver coin. I like that. Of course, I have no idea what to use the silver coins for, so I throw them at the head of the bed. Eventually there's quite a pile. One day my wife noticed the pile of coins and bought me a dummy piggy bank. I put the coins in the piggy bank one at a time. My wife took away the key. Since then I remember occasionally putting money in the piggy bank. I am lazy. I remember seeing a new bauble on my wife's hair—a pimple like eruption—and wondering if that meant the piggy bank was lighter. But I never touched the piggy bank at the head of the bed. My innate laziness didn't allow me to excite myself about such things.

On days when my wife has a lot of callers, I can't sleep like I sleep on rainy days, no matter how I snuggle into the quilt. So that's when I study why my wife always has money, why she always has lots of money.

Callers don't seem to be aware that I'm at the other side of the partition. They joke freely with her, things I wouldn't dream of saying. Three or four of the regulars are relatively gentlemanly in

도 얼굴이 마주치는 일이 거의 없다. 그러면서도 나는 이 18가구의 젊은 여인네 얼굴들을 거반 다 기억하고 있었다. 그들은 하나같이 내 아내만 못하였다.

11시쯤 해서 하는 아내의 첫 번 세수는 좀 간단하다. 그러나 저녁 7시쯤 해서 하는 두 번째 세수는 손이 많이 간다. 아내는 낮에 보다도 밤에 더 좋고 깨끗한 옷을 입는다. 그리고 낮에도 외출하고 밤에도 외출하였다.

아내에게 직업이 있었던가? 나는 아내의 직업이 무엇인지 알 수 없다. 만일 아내에게 직업이 없었다면, 같이 직업이 없는 나처럼 외출할 필요가 생기지 않을 것인데 ―아내는 외출한다. 외출할 뿐만 아니라 내객이 많다. 아내에게 내객이 많은 날은 나는 온종일 내 방에서 이불을 쓰고 누워 있어야만 된다. 불장난도 못 한다. 화장품 냄새도 못 맡는다. 그런 날은 나는 의식적으로 우울해하였다. 그러면 아내는 나에게 돈을 준다. 50전짜리 은화다. 나는 그것이 좋았다. 그러나 그것을 무엇에 써야 옳을지 몰라서 늘 머리맡에 던져두고 두고 한 것이 어느 결에 모여서 꽤 많아졌다. 어느 날 이것을 본 아내는 금고처럼 생긴 벙어리[15]를 사다 준다. 나는 한 푼씩 한 푼씩 고 속에 넣고 열쇠는 아내가 가져갔다. 그 후에

their behavior in that they usually go home right after midnight, but there's the odd one who seems lacking in refinement, the kind that brings in food and eats it here. The boorish type has his snack and is satisfied.

I've begun to study what my wife's occupation might be, but my viewpoint is narrow and my knowledge is poor so that I find it difficult to reach a satisfactory conclusion.

My wife always wears new *pŏsŏn* socks. And she cooks. I've never actually seen her cooking, but she serves me breakfast and dinner in my room every day, and there's no one here except me and her. Clearly she does the cooking herself. But she never calls me into her room.

I eat and sleep alone in the inner room—always. The food tastes terrible and the side dishes are very meager. I eat my feed without comment, like a pup or a hen, but I can't say I never have resentful feelings. I'm getting inexorably paler and thinner. My strength is failing day by day. My bones are beginning to jut out from malnutrition. I toss and turn all night because I ache all over.

And so buried under the quilt, I speculate on the source of my wife's money, and I try to figure what

31

도 나는 더러 은화를 그 벙어리에 넣은 것을 기억한다. 그리고 나는 게을렀다. 얼마 후 아내의 머리쪽에 보지 못하던 누깔잠[16]이 하나 여드름처럼 돋았던 것은 바로 그 금고형 벙어리의 무게가 가벼워졌다는 증거일까. 그러나 나는 드디어 머리맡에 놓였던 그 벙어리에 손을 대지 않고 말았다. 내 게으름은 그런 것에 내 주의를 환기시키기도 싫었다.

아내에게 내객이 있는 날은 이불 속으로 암만 깊이 들어가도 비 오는 날만큼 잠이 잘 오지 않았다. 나는 그런 때 아내에게는 왜 늘 돈이 있나, 왜 돈이 많은가를 연구했다.

내객들은 장지 저쪽에 내가 있는 것은 모르나보다. 내 아내와 나도 좀 하기 어려운 농을 아주 서슴지 않고 쉽게 해 내던지는 것이다. 그러나 내 아내의 내객 가운데 서너 사람의 내객들은 늘 비교적 점잖았다고 볼 수 있는 것이 자정이 좀 지나면 으레 돌아들 갔다. 그들 가운데에는 퍽 교양이 옅은 자도 있는 듯싶었는데 그런 자는 보통 음식을 사다 먹고 논다. 그래서 보충을 하고 대체로 무사하였다.

the food might be that's served in the other room, basing my analysis on the smells that seep through the paper partition. I don't sleep very well.

I know now. I know that my wife's money—though I can't imagine why—comes from the callers whom I've always considered to be silly fools. But why do they leave money when they're going? Why does my wife take the money? The etiquette of all this escapes me.

Is it just a matter of etiquette? Or is it payment for something? A wage? Does my wife appear to them to be an object of charity?

The more I think of it the more muddled my head becomes. The only conclusion I reach before falling asleep is that it's not nice. Of course, it never occurs to me to ask my wife. I figure it would be tiresome to do this, and I want to wake up in a few hours as a new man with a clean slate.

When the guests leave or when my wife gets back home from a late outing, she puts on something comfortable and comes into my room. She pulls back the quilt and whispers a few encouraging words in my ear in an effort to comfort me. I look at her beautiful face and laugh in a way that is

나는 위선 내 아내의 직업이 무엇인가를 연구하기에
착수하였으나 좁은 시야와 부족한 지식으로는 이것을
알아내기 힘이 든다. 나는 끝끝내 내 아내의 직업이 무
엇인가를 모르고 말려나보다.

아내는 늘 진솔[17] 버선만 신었다. 아내는 밥도 지었
다. 아내가 밥 짓는 것을 나는 한 번도 구경한 일은 없으
나 언제든지 끼니때면 내 방으로 내 조석밥을 날라다
주는 것이다. 우리 집에는 나와 내 아내 외의 다른 사람
은 아무도 없다. 이 밥은 분명히 아내가 손수 지었음에
틀림없다.

그러나 아내는 한 번도 나를 자기 방으로 부른 일이
없다. 나는 늘 윗방에서 나 혼자서 밥을 먹고 잠을 잤다.
밥은 너무 맛이 없었다. 반찬이 너무 엉성하였다. 나는
닭이나 강아지처럼 말없이 주는 모이를 넙죽넙죽 받아
먹기는 했으나 내심 야속하게 생각한 적도 더러 없지
않다. 나는 안색이 여지없이 창백해 가면서 말라 들어
갔다. 나날이 눈에 보이듯이 기운이 줄어들었다. 영양
부족으로 하여 몸뚱이 곳곳이 뼈가 불쑥불쑥 내어밀었
다. 하룻밤 사이에도 수십 차를 돌쳐 눕지 않고는 여기
저기가 배겨서 나는 배겨낼 수가 없었다.

neither derisive, nor wry, nor loud. She laughs back serenely. But make no mistake: I don't miss the slightest tint of sadness in her face.

My wife knows when I'm hungry. Yet she never offers me leftovers from the outer room. This, I believe, is a mark of respect for me. And even though I'm hungry, I like this feeling of emotional strength. I never remember what my wife chatters about; all I know is the silver coin she leaves on the pillow, which shines faintly in the lamplight as she takes her leave.

How many silver coins are in the piggy bank? I don't lift it to see. I have neither desire nor aspiration: I simply drop the silver coins through the button shaped slot.

Why my wife's guests give her money when they are leaving is as unsolvable a mystery to me as why she gives me money when she's leaving my room. And though I'm not averse to her leaving money on her way out, there's no great pleasure involved. I just like the brief—hardly worth mentioning—sensation of money in my hand disappearing down the slot of the piggy bank.

그렇기 때문에 나는 내 이불 속에서 아내가 늘 흔히 쓸 수 있는 저 돈의 출처를 탐색해 보는 일변[18] 장지 틈으로 새어나오는 아랫방의 음식은 무엇일까를 간단히 연구하였다. 나는 잠이 잘 안 왔다.

깨달았다. 아내가 쓰는 돈은 그, 내게는 다만 실없는 사람들로밖에 보이지 않는 까닭 모를 내객들이 놓고 가는 것이 틀림없으리라는 것을 나는 깨달았다. 그러나 왜 그들 내객은 돈을 놓고 가나, 왜 내 아내는 그 돈을 받아야 되나 하는 예의(禮儀) 관념이 내게는 도무지 알 수 없는 것이었다.

그것은 그저 예의에 지나지 않는 것일까. 그렇지 않으면 혹 무슨 대가일까, 보수일까, 내 아내가 그들의 눈에는 동정을 받아야만 할 가엾은 인물로 보였던가.

이런 것들을 생각하노라면 으레 내 머리는 그냥 혼란하여 버리고 버리고 하였다. 잠들기 전에 획득했다는 결론이 오직 불쾌하다는 것뿐이었으면서도 나는 그런 것을 아내에게 물어보거나 한 일이 참 한 번도 없다. 그것은 대체 귀찮기도 하려니와 한잠 자고 일어나는 나는 사뭇 딴사람처럼 이것도 저것도 다 깨끗이 잊어버리고

One day I threw the piggy bank in the loo. I don't know how much was in it, but there were a lot of silver coins. I reflect that planet Earth where I live is hurtling at unbelievable speed through boundless space and I am filled with feelings of futility. I figure our bustling world will make me dizzy and I want to get off right now. After such thoughts under the quilt, it's tiresome to continue putting silver coins in the piggy bank. I hoped my wife would use the piggy bank herself; she needed the money. From the outset money was useless to me, so I waited in hope that she would take the piggy bank to her own room and keep it there. But she didn't. I thought about putting it in her room, but she had so many callers I didn't get a chance to go to her room. So that's why I threw it in the loo.

With a heavy heart I waited for my wife to give me a good telling-off. But she said nothing, asked nothing. Furthermore, she continued to leave money by my pillow when she was going. Soon there were a lot of silver coins there.

I began a new round of under-the-quilt research on whether the impulse of the callers to give my wife money and her impulse to give me money had any motivation other than pleasure. And if pleasure

그만두는 까닭이다.

내객들이 돌아가고, 혹 밤 외출에서 돌아오고 하면 아내는 경편한 것으로 옷을 바꾸어 입고 내 방으로 나를 찾아온다. 그리고 이불을 들치고 내 귀에는 영 생동생동한 몇 마디 말로 나를 위로하려 든다. 나는 조소(嘲笑)[19]도 고소(苦笑)[20]도 홍소(哄笑)[21]도 아닌 웃음을 얼굴에 띠고 아내의 아름다운 얼굴을 쳐다본다. 아내는 방그레 웃는다. 그러나 그 얼굴에 떠도는 일말의 애수를 나는 놓치지 않는다.

아내는 능히 내가 배고파하는 것을 눈치챌 것이다. 그러나 아랫방에서 먹고 남은 음식을 나에게 주려 들지는 않는다. 그것은 어디까지든지 나를 존경하는 마음일 것임에 틀림없다. 나는 배가 고프면서도 적이 마음이 든든한 것을 좋아했다. 아내가 무엇이라고 지껄이고 갔는지 귀에 남아 있을 리가 없다. 다만 내 머리맡에 아내가 놓고 간 은화가 전등불에 흐릿하게 빛나고 있을 뿐이다.

고 금고형 벙어리 속에 고 은화가 얼마큼이나 모였을까. 나는 그러나 그것을 쳐들어 보지 않았다. 그저 아무런 의욕도 기원도 없이 그 단춧구멍처럼 생긴 틈바구니

was the motivating factor, I wondered what kind of pleasure. Of course, under-the-quilt research is not going to produce an answer to this question. Pleasure, pleasure... I'm surprised to find this is the only subject that interests me at the moment.

My wife invariably keeps me more or less confined, and while I have no reason to complain about this, I want to experience the presence or absence of this pleasure thing.

I took advantage of my wife going out for the evening to have an outing myself. I didn't forget to bring the silver coins with me. I changed them for paper money on the street. It came to five *wŏn*. I put the money in my pocket and proceeded to comb the streets, trying to forget the object of the outing. Seeing the streets after such a long interval filled me with wonder and excitement. And though I tired quickly, I put up with the tiredness. I drifted until late through one street after another, without any sense of purpose. Of course I didn't spend a penny. There was no reason to spend anything. I seemed to have lost the facility to spend money.

It became more and more difficult to put up with the fatigue, and in the end I only got home with

로 은화를 들여뜨려 둘 뿐이었다.

왜 아내의 내객들이 아내에게 돈을 놓고 가나 하는 것이 풀 수 없는 의문인 것같이 왜 아내는 나에게 돈을 놓고 가나 하는 것도 역시 나에게는 똑같이 풀 수 없는 의문이었다. 내 비록 아내가 내게 돈을 놓고 가는 것이 싫지 않았다 하더라도 그것은 다만 고것이 내 손가락에 닿는 순간에서부터 고 벙어리 주둥이에서 자취를 감추기까지의 하잘것없는 짧은 촉각이 좋았달 뿐이지 그 이상 아무 기쁨도 없다.

어느 날 나는 고 벙어리를 변소에 갖다 넣어 버렸다. 그때 벙어리 속에는 몇 푼이나 되는지 모르겠으나 고 은화들이 꽤 들어 있었다.

나는 내가 지구 위에 살며 내가 이렇게 살고 있는 지구가 질풍신뢰[22]의 속력으로 광대무변[23]의 공간을 달리고 있다는 것을 생각했을 때 참 허망하였다. 나는 이렇게 부지런한 지구 위에서는 현기증도 날 것 같고 해서 한시바삐 내려버리고 싶었다.

이불 속에서 이런 생각을 하고 난 뒤에는 나는 고 은화를 고 벙어리에 넣고 넣고 하는 것조차가 귀찮아졌다. 나는 아내가 손수 벙어리를 사용하였으면 하고 희

difficulty. I knew I had to go through my wife's room to get to my room, but I was worried that she might have a caller, so I hesitated outside the sliding door and coughed diffidently. The door whammed open to reveal my wife's face and the face of a stranger behind her. I hesitated for a moment, dazzled by the light.

It wasn't that I didn't see the anger in my wife's eyes. I saw it all right, but I had to ignore it. Why? I had no choice—one way or another I had to go through her room to get to mine.

I pulled the quilt over my head. My legs were aching so bad it was unbearable. I thought I would pass out from the palpitations I was having under the quilt. I was short of breath though I hadn't noticed it while I was walking. Cold sweat drenched my spine. I regretted the outing. I wished I could forget the fatigue and get to sleep. I needed a good sleep.

For a long time I lay there at an angle: gradually the palpitations subsided. At least I'll live, I thought. I turned over, lay on my back facing the ceiling and stretched my legs.

Then the palpitations took over again. The partition carried the whispers of my wife and her caller,

망하였다. 벙어리도 돈도 사실에는 아내에게만 필요한
것이지 내게는 애초부터 의미가 전연 없는 것이었으니
까 될 수만 있으면 그 벙어리를 아내는 아내 방으로 가
져갔으면 하고 기다렸다. 그러나 아내는 가져가지 않는
다. 나는 내가 아내 방으로 가져다 둘까 하고 생각하여
보았으나 그즈음에는 아내의 내객이 원체 많아서 내가
아내 방에 가 볼 기회가 도무지 없었다. 그래서 나는 하
는 수 없이 변소에 갖다 집어넣어 버리고 만 것이다.

　나는 서글픈 마음으로 아내의 꾸지람을 기다렸다. 그
러나 아내는 끝내 아무 말도 나에게 묻지도 하지도 않
았다. 않았을 뿐 아니라 여전히 돈은 돈대로 내 머리맡
에 놓고 가지 않나? 내 머리맡에는 어느덧 은화가 꽤 많
이 모였다.

　내객이 아내에게 돈을 놓고 가는 것이나 아내가 내게
돈을 놓고 가는 것이나 일종의 쾌감―그 외의 다른 아
무런 이유도 없는 것이 아닐까 하는 것을 나는 또 이불
속에서 연구하기 시작하였다. 쾌감이라면 어떤 종류의
쾌감일까를 계속하여 연구하였다. 그러나 그것은 이불
속의 연구로는 알 길이 없었다. 쾌감 쾌감, 하고 나는 뜻

their voices so low I couldn't understand. I opened my eyes wide in an effort to hear more clearly. By this stage my wife and the man were on their feet, arranging coats and hats. The door slid open. I heard the scratch of heels, followed by the plop of the man stepping down into the yard, then walking a few steps, and my wife's rubber shoes sliding after him. Their footsteps faded toward the main gate.

I had never seen my wife do this before. She never whispered with her callers. There might be times when I was wrapped in the quilt and missed what a caller said, usually because he was tongue-tied and drunk, but I never missed a word my wife said in that voice of hers that was neither low nor loud. I mightn't like what she said, but I took comfort in the calm way she said it. I surmised that there was some not insignificant reason for my wife's behavior, and that saddened me, but because I was tired, I resolved not to do further under-the-quilt research tonight. I waited for sleep to come; it wasn't easy but eventually I fell asleep. My dreams wandered through a jumble of topsy-turvy street scenes.

밖에도 이 문제에 대해서만 흥미를 느꼈다.

아내는 물론 나를 늘 감금하여 두다시피 하여 왔다. 내게 불평이 있을 리 없다. 그런 중에도 나는 그 쾌감이라는 것의 유무를 체험하고 싶었다.

나는 아내의 밤 외출 틈을 타서 밖으로 나왔다. 나는 거리에서 잊어버리지 않고 가지고 나온 은화를 지폐로 바꾼다. 5원이나 된다. 그것을 주머니에 넣고 나는 목적을 잃어버리기 위하여 얼마든지 거리를 쏘다녔다. 오래간만에 보는 거리는 거의 경이에 가까울 만치 내 신경을 흥분시키지 않고는 마지않았다. 나는 금시에 피곤하여 버렸다. 그러나 나는 참았다. 그리고 밤이 이슥하도록 까닭을 잊어버린 채 이 거리 저 거리로 지향 없이 헤매었다. 돈은 물론 한 푼도 쓰지 않았다. 돈을 쓸 아무 엄두도 나서지 않았다. 나는 벌써 돈을 쓰는 기능을 완전히 상실한 것 같았다.

나는 과연 피로를 이 이상 견디기가 어려웠다. 나는 가까스로 내 집을 찾았다. 나는 내 방을 가려면 아내 방을 통과하지 아니하면 안 될 것을 알고 아내에 내객이 있나 없나를 걱정하면서 미닫이 앞에서 좀 거북살스럽

I was shaken violently. My wife had come back
after seeing off her caller; she found me asleep and
shook me. I opened my eyes wide and examined
her face. She was not smiling. Anger lit her eyes,
and her thin lips were trembling. Her anger would
not be appeased easily. I closed my eyes and wait-
ed for the thunderbolt to strike. She took a few an-
gry breaths, her skirt gave a swish, the connecting
door opened and closed and she disappeared into
her own room. I turned over, pulled the quilt over
my head and lay on my belly like a toad. I was hun-
gry. Again I regretted tonight's outing.

I lay there under the quilt and told my wife I was
sorry. *You misunderstood...*

*I thought it was very late; I had no idea it wasn't mid-
night.* I was so tired. After being confined for so
long, it was a mistake to walk so far. A mistake all
right, but just a mistake. Why did I go out?

I wanted to give the money at my pillow head to
someone... anyone. That's all. And if that was
wrong, I admit it; it was wrong. I'm sorry, I really
am.

Had I been able to spend the five *wŏn*, I don't
think I'd have gotten back before midnight. But the

45

게 기침을 한 번 했더니 이것은 참 또 너무 암상스럽게[24] 미닫이가 열리면서 아내의 얼굴과 그 등 뒤에 낯선 남자의 얼굴이 이쪽을 내다보는 것이다. 나는 별안간 내어 쏟아지는 불빛에 눈이 부셔서 좀 머뭇머뭇했다.

나는 아내의 눈초리를 못 본 것은 아니다. 그러나 나는 모른 체하는 수밖에 없었다. 왜? 나는 어쨌든 아내의 방을 통과하지 아니하면 안 되니까…….

나는 이불을 뒤집어썼다. 무엇보다도 다리가 아파서 견딜 수가 없었다. 이불 속에서는 가슴이 울렁거리면서 암만해도 까무러칠 것만 같았다. 걸을 때는 몰랐더니 숨이 차다. 등에 식은땀이 쭉 내뺀다. 나는 외출한 것을 후회하였다. 이런 피로를 잊고 어서 잠이 들었으면 좋았다. 한잠 잘 자고 싶었다.

얼마 동안이나 비스듬히 엎드려 있었더니 차츰차츰 뚝딱거리는 가슴 동기(動氣)가 가라앉는다. 그만해도 위선 살 것 같았다. 나는 몸을 돌쳐 반듯이 천장을 향하여 눕고 쭉 다리를 뻗었다.

그러나 나는 또다시 가슴의 동기를 피할 수 없게 되었다. 아랫방에서 아내와 그 남자의 내 귀에도 들리지 않을 만치 옅은 목소리로 소곤거리는 기척이 장지 틈으

streets were very busy; there were people every-
where, and I had no idea who to give the five *wŏn*
to. And in the search process I ran out of energy.

Most of all, I wanted to rest; I wanted to lie down.
I had no choice but return home. It was unfortu-
nate that all this happened before midnight. I felt
bad about it. I had no problem saying I was sorry.
But if I couldn't clear up my wife's misunderstand-
ing, what was the point in saying I was sorry? It was
so frustrating.

I fretted for an hour. Then I threw off the quilt,
got up and staggered into my wife's room. I hardly
knew what I was doing. I just about remember
throwing myself down on my wife's bedding,
reaching into my trousers pocket, taking out the
five *wŏn* and thrusting it into her hand.

When I woke up next day, I was in bed in my
wife's room. This was the first time I had slept in
my wife's room since moving into No. 33.

The sun was high in the window; my wife had
gone out; she was no longer by my side. No, that's
not correct. For all I knew she had gone out last
night when I lost consciousness. But I don't want to
go into that. I felt unwell all over; I hadn't the
strength to move a finger. A patch of sunlight,

로 전하여 왔던 것이다. 청각을 더 예민하게 하기 위하여 나는 눈을 떴다. 그리고 숨을 죽였다. 그러나 그때는 벌써 아내와 남자는 앉았던 자리를 툭툭 털며 일어섰고 일어서면서 옷과 모자 쓰는 기척이 나는 듯하더니 이어 미닫이가 열리고 구두 뒤축 소리가 나고 그리고 뜰에 내려서는 소리가 쿵 하고 나면서 뒤를 따르는 아내의 고무신 소리가 두어 발자국 찍찍 나고 사뿐사뿐 나나 하는 사이에 두 사람의 발소리가 대문간 쪽으로 사라졌다.

나는 아내의 이런 태도를 본 일이 없다. 아내는 어떤 사람과도 결코 소곤거리는 법이 없다. 나는 윗방에서 이불을 쓰고 누웠는 동안에도 혹 술이 취해서 혀가 잘 돌아가지 않는 내객들의 담화는 더러 놓치는 수가 있어도 아내의 높지도 얕지도 않은 말소리는 일찍이 한마디도 놓쳐본 일이 없다. 더러 내 귀에 거슬리는 소리가 있어도 나는 그것이 태연한 목소리로 내 귀에 들렸다는 이유로 충분히 안심이 되었다.

그렇던 아내의 이런 태도는 필시 그 속에 여간하지 않은 사정이 있는 듯싶이 생각이 되고 내 마음은 좀 서운했으나 그러나 그보다도 나는 좀 너무 피로해서 오늘

48

smaller than a *pojagi* book wrapper, dazzled my eyes. Dust particles—like microbes—ran riot through the light. My nose was blocked. I closed my eyes again, pulled the quilt over my head and tried to sleep. My wife's fragrance was a provocative fire in my nose. I twisted and turned; I was contorted. Sleep wouldn't come; the effort to sleep was frustrated by the scent of the cosmetics, caps off, arrayed on my wife's dressing table.

It was a terrible feeling. I kicked off the quilt, got up abruptly and went back to my own room. My breakfast, cold now, lay where my wife had put it before she went out. I was hungry. The spoon in my mouth was cold as chilled raw fish. I put the spoon down and crept under the quilt. My bedding, empty all night, had its customary warm welcome for me. I pulled the quilt over my head, stretched out and slept.

The lights were on when I awoke. My wife was not back yet. Well, maybe she'd been back and gone out again. Not much point in going into that.

My head was clearer now. I thought about last night's happenings. I couldn't explain the pleasure it gave me when I fell into my wife's bed and put the five *wŏn* in her hand. I had discovered why callers

만은 이불 속에서 아무것도 연구치 않기로 굳게 결심하고 잠을 기다렸다. 잠은 좀처럼 오지 않았다. 대문간에 나간 아내도 좀처럼 들어오지 않았다. 그러는 동안에 흐지부지 나는 잠이 들어버렸다. 꿈이 얼쑹덜쑹 종을 잡을 수 없는 거리의 풍경을 여전히 헤맸다.

나는 몹시 흔들렸다. 내객을 보내고 들어온 아내가 잠든 나를 잡아 흔드는 것이다. 나는 눈을 번쩍 뜨고 아내의 얼굴을 쳐다보았다. 아내의 얼굴에는 웃음이 없다. 나는 좀 눈을 비비고 아내의 얼굴을 자세히 보았다. 노기가 눈초리에 떠서 얇은 입술이 바르르 떨린다. 좀처럼 이 노기가 풀리기는 어려울 것 같았다. 나는 그대로 눈을 감아버렸다. 벼락이 내리기를 기다린 것이다. 그러나 쌔근 하는 숨소리가 나면서 푸시시 아내의 치맛자락 소리가 나고 장지가 여닫히며 아내는 아내 방으로 돌아갔다. 나는 다시 몸을 돌쳐 이불을 뒤집어쓰고는 개구리처럼 엎드리고, 엎드려서 배가 고픈 가운데에도 오늘 밤의 외출을 또 한 번 후회하였다.

나는 이불 속에서 아내에게 사죄하였다. 그것은 네 오

gave her money when they were leaving and her secret psychology in giving me money; I was overjoyed, laughing inside. What a fool I was not to have known this. My shoulders lifted in a dance movement.

As a result of all this, I felt the urge to go out again tonight. But I had no money. I regretted giving the five *wŏn* to my wife last night. And I regretted sticking the piggy bank in the loo. I was silly enough to put my hand in my trousers pocket, where the five *wŏn* had been—force of habit, I suppose. I rummaged around and was surprised by what I found: two wŏn. I didn't need a lot. Anything was good. I was grateful for the little I found.

Newly energized, I threw on my old corduroy suit, flapped my wings and headed for the street, oblivious of the hunger in my tummy and my impoverished appearance. Once on the street I was consumed with anxiety: I wanted time's arrow to shoot straight past midnight. Giving money to my wife and sleeping in her room was all very fine, but the look in her eyes if I got it wrong and arrived back before midnight was a cause of no little worry. I stopped to peer at every clock in the street and kept on wandering aimlessly. Today I didn't tire

해라고…….

나는 사실 밤이 퍽이나 이슥한 줄만 알았던 것이다. 그것이 네 말마따나 자정 전인 줄은 나는 정말이지 꿈에도 몰랐다. 나는 너무 피곤하였었다. 오래간만에 나는 너무 많이 걸은 것이 잘못이다. 내 잘못이라면 잘못은 그것밖에는 없다. 외출은 왜 하였더냐고?

나는 그 머리맡에 저절로 모인 5원 돈을 아무에게라도 좋으니 주어보고 싶었던 것이다. 그뿐이다. 그러나 그것도 내 잘못이라면 나는 그렇게 알겠다. 나는 후회하고 있지 않나?

내가 그 5원 돈을 써버릴 수가 있었던들 나는 자정 안에 집에 돌아올 수 없었을 것이다. 그러나 거리는 너무 복잡하였고 사람은 너무도 들끓었다. 나는 어느 사람을 붙들고 그 5원 돈을 내어 주어야 할지 갈피를 잡을 수가 없었다. 그러는 동안에 나는 여지없이 피곤해 버리고 말았던 것이다.

나는 무엇보다도 좀 쉬고 싶었다. 눕고 싶었다. 그래서 나는 하는 수 없이 집으로 돌아온 것이다. 내 짐작 같아서는 밤이 어지간히 늦은 줄만 알았는데 그것이 불행히도 자정 전이었다는 것은 참 안된 일이다. 미안한 일

quickly. My big worry was how slowly time was passing.

Finally, when the clock at Seoul Station assured me it was past midnight, I headed for home. My wife was talking to a gentleman caller at the two-pillar gate. I ignored them, walked past and went into my room. My wife came back a little later. Once back in her room, she did something she never did at night: she swept the floor. Afterwards I heard her lying down. I opened the connecting door, went into her room and pressed the two *wŏn* firmly in her hand. She looked in my face several times as if she thought it strange that I had come back again tonight without spending the money. She said nothing, but she let me sleep beside her. I wouldn't exchange the joy of this for anything in the world. I slept peacefully.

Next morning when I woke up, there was no sign of her. I went back to my own room and laid my tired body down for some more sleep.

The lights were on when my wife shook me awake. She told me to come into her room. She had never done this before. She took me by the

이다. 나는 얼마든지 사죄하여도 좋다. 그러나 종시 아내의 오해를 풀지 못하였다 하면 내가 이렇게까지 사죄하는 보람은 그럼 어디 있나? 한심하였다.

한 시간 동안을 나는 이렇게 초조하게 굴지 않으면 안 되었다. 나는 이불을 홱 젖혀버리고 일어나서 장지를 열고 아내 방으로 비칠비칠 달려갔던 것이다. 내게는 거의 의식이라는 것이 없었다. 나는 아내 이불 위에 엎드러지면서 바지 포켓 속에서 그 돈 5원을 꺼내 아내 손에 쥐여 준 것을 간신히 기억할 뿐이다.

이튿날 잠이 깨었을 때 나는 내 아내 방 아내 이불 속에 있었다. 이것이 이 33번지에서 살기 시작한 이래 내가 아내 방에서 잔 맨 처음이었다.

해가 들창에 훨씬 높았는데 아내는 이미 외출하고 벌써 내 곁에 있지는 않다. 아니! 아내는 엊저녁 내가 의식을 잃은 동안에 외출한 것인지도 모른다. 그러나 나는 그런 것을 조사하고 싶지 않았다. 다만 전신이 찌뿌드드한 것이 손가락 하나 꼼짝할 힘조차 없었다. 책보보다 좀 작은 면적의 볕이 눈이 부시다. 그 속에서 수없이 먼지가 흡사 미생물처럼 난무한다. 코가 꽉 막히는 것 같다. 나는 다시 눈을 감고 이불을 푹 뒤집어쓰고 낮잠

arm, a smile ever present on her face. I couldn't help feeling a bit anxious. Did that smiling exterior conceal some untoward plot?

I went along with my wife's wishes and allowed her to lead me into her room. A dinner table was nicely arrayed there. Come to think of it, I hadn't eaten for two days. With all my messing around, I had been unaware that I was hungry.

Should a thunderbolt strike after this last supper, I thought, I'd have no regrets. For me, the world was unbearably tedious. Everything was irksome and annoying. I might even enjoy a sudden calamity. I put these thoughts out of my mind, sat opposite my wife and ate this strange supper. My wife and I never talked much. When I finished, I got up quietly and crossed into my room. My wife didn't stop me. I leaned back against the wall, smoked a cigarette and waited. If the thunderbolt is going to strike, let it strike now.

Five minutes, ten minutes.

There was no thunderbolt. Gradually the tension eased. Suddenly it was in my head to go out again tonight and I wished I had some money.

But I had no money. That was clear. Suppose I went out tonight, could I look forward to joy later?

을 자기에 착수하였다. 그러나 코를 스치는 아내의 체취는 꽤 도발적이었다. 나는 몸을 여러 번 여러 번 비비꼬면서 아내의 화장대에 늘어선 고 가지각색 화장품 병들과 고 병들이 마개를 뽑았을 때 풍기던 냄새를 더듬느라고 좀처럼 잠은 들지 않는 것을 나는 어찌하는 수도 없었다.

견디다 못하여 나는 그만 이불을 걷어차고 벌떡 일어나서 내 방으로 갔다. 내 방에는 다 식어 빠진 내 끼니가 가지런히 놓여 있는 것이다. 아내는 내 모이를 여기다 주고 나간 것이다. 나는 위선 배가 고팠다. 한 숟갈을 입에 떠 넣었을 때 그 촉감은 참 너무도 냉회[25]와 같이 써늘하였다. 나는 숟갈을 놓고 내 이불 속으로 들어갔다. 하룻밤을 비워 때린 내 이부자리는 여전히 반갑게 나를 맞아준다. 나는 내 이불을 뒤집어쓰고 이번에는 참 늘어지게 한잠 잤다. 잘—

내가 잠을 깬 것은 전등이 켜진 뒤다. 그러나 아내는 아직도 돌아오지 않았나보다. 아니! 돌아왔다 또 나갔는지도 알 수 없다. 그러나 그런 것을 삼고(三考)[26]하여 무엇하나?

56

The road ahead was dark, dark. Angry, I pulled the quilt over my head; I tossed and turned. Dinner kept coming back up my throat. I felt sick.

Anything that fell from heaven would be appreciated; *why not a sudden money shower,* I thought? It was incredibly unfair and sad. I knew no other way to get money. I think I must have cried in bed. Why have I no money?

At that moment my wife came into the room again. I started in surprise. *The thunderbolt will strike now,* I thought; I curled up toad style, hardly daring to breathe. But the words that slid from her lips were gentle, affectionate. "I know why you're crying," she said. "It's because you have no money, isn't it?" I was startled. Her ability to see into me was not without its disturbing aspects, but the good side was that I felt she was going to give me money. If she does, I thought, that will be wonderful! Wrapped in the bedding like a dried fish, I didn't dare lift my head as I waited for her next move. Right, she said, and she dropped something on my pillow, so light and easy, I knew from the sound it had to be paper money.

"It's okay to come home a bit later tonight," she

정신이 한결 난다. 나는 지난밤 일을 생각해 보았다. 그 돈 5원을 아내 손에 쥐여 주고 넘어졌을 때에 느낄 수 있었던 쾌감을 나는 무엇이라고 설명할 수가 없었다. 그러나 내객들이 내 아내에게 돈 놓고 가는 심리며 내 아내가 내게 돈 놓고 가는 심리의 비밀을 나는 알아낸 것 같아서 여간 즐거운 것이 아니다. 나는 속으로 빙그레 웃어 보았다. 이런 것을 모르고 오늘까지 지내온 나 자신이 어떻게 우스꽝스럽게 보이는지 몰랐다. 나는 어깨춤이 났다.

따라서 나는 또 오늘 밤에도 외출하고 싶었다. 그러나 돈이 없다. 나는 엊저녁에 그 돈 5원을 한꺼번에 아내에게 주어버린 것을 후회하였다. 또 고 벙어리를 변소에 갖다 처넣어버린 것도 후회하였다. 나는 실없이 실망하면서 습관처럼 그 돈 5원이 들어 있던 내 바지 포켓에 손을 넣어 한번 휘둘러 보았다. 뜻밖에도 내 손에 쥐이는 것이 있었다. 2원밖에 없다. 그러나 많아야 맛은 아니다. 얼마간이고 있으면 된다. 나는 그만한 것이 여간 고마운 것이 아니었다.

나는 기운을 얻었다. 나는 그 단벌 다 떨어진 코르덴 양복을 걸치고 배고픈 것도 주제 사나운 것도 다 잊어

whispered in my ear.

That wouldn't be a problem. My first reaction was to be happy and grateful to get the money.

So I set out. Being prone to night blindness, I decided to restrict my wanderings to the brighter streets. I dropped into the tearoom in the corner of Seoul Station's first and second class waiting room. What a discovery! First of all, no one I knew frequented the place. And anyone I might know left immediately. I decided to spend some time here every day.

In the first place, it had the most accurate clock in the city. I didn't want to put my trust in an inferior clock, maybe end up going home early and getting a bloody nose.

I sat in an empty booth—no one opposite me—and sipped well-brewed coffee. Hurrying passengers seemed to enjoy a cup of coffee. They drank quickly, stared at the wall as if they had something on their minds and left in a hurry. Sad. But I preferred this sad atmosphere to the dull atmosphere of the tearooms in the streets; it was more real. From time to time I heard train whistles, sometimes sharp, sometimes sonorous, more intimate than Mozart. I read the names of the few dishes on the

버리고 활갯짓을 하면서 또 거리로 나섰다. 나서면서
나는 제발 시간이 화살 닫듯 해서 자정이 어서 홱 지나
버렸으면 하고 조바심을 태웠다. 아내에게 돈을 주고
아내 방에서 자보는 것은 어디까지든지 좋았지만 만일
잘못해서 자정 전에 집에 들어갔다가 아내의 눈총을 맞
는 것은 그것은 여간 무서운 일이 아니었다. 나는 저물
도록 길가 시계를 들여다보고 들여다보고 하면서 또 지
향 없이 거리를 방황하였다. 그러나 이날은 좀처럼 피
곤하지는 않았다. 다만 시간이 좀 너무 더디게 가는 것
만 같아서 안타까웠다.

　경성역 시계가 확실히 자정이 지난 것을 본 뒤에 나
는 집을 향하였다. 그날은 그 일각 대문에서 아내와 아
내의 남자가 이야기하고 섰는 것을 만났다. 나는 모른
체하고 두 사람 곁을 지나서 내 방으로 들어갔다. 뒤이
어 아내도 들어왔다. 와서는 이 밤중에 평생 안 하던 쓰
레질[27]을 하는 것이었다. 조금 있다가 아내가 눕는 기척
을 엿듣자마자 나는 또 장지를 열고 아내 방으로 가서
그 돈 2원을 아내 손에 덥석 쥐여 주고 그리고—하여간
그 2원을 오늘 밤에도 쓰지 않고 도로 가져온 것이 참
이상하다는 듯이 아내는 내 얼굴을 몇 번이고 엿보고—

menu; I read them over and over; I read them up, down and sideways. They were fuzzy like the names of childhood friends.

I don't know how long I sat there: I was a bit confused. Customers were scarce and the clean up process had begun, so I concluded it must be near closing time. Had to be after eleven, I thought. Can't stay here. So where will I go until midnight? I took my worries outside with me. It was raining; pretty heavy rain, obviously bad news for someone with neither raingear nor umbrella. But I couldn't hang around here all night, not looking as weird as I did. So I said, *What the hell, it's only rain* and off I went.

The cold was difficult to bear. My corduroys were soon wet. The wet seeped inside until I was soaked. I put up with it as long as I could. Traipsing through the streets was a struggle, and eventually I was so cold I couldn't take it any longer. Bouts of shivering and chattering teeth. I increased the pace. Surely, I thought, my wife won't have a caller on a terrible night like this. I have to go home. If, unfortunately, she has a caller, I'll explain the situation. When I explain the situation and she sees the rain, she'll understand.

I flew home. My wife had a caller. I was so cold

아내는 드디어 아무 말도 없이 나를 자기 방에 재워주었다. 나는 이 기쁨을 세상의 무엇과도 바꾸고 싶지는 않았다. 나는 편히 잘 잤다.

이튿날도 내가 잠이 깨었을 때는 아내는 보이지 않았다. 나는 또 내 방으로 가서 피곤한 몸이 낮잠을 잤다.

내가 아내에게 흔들려 깨었을 때는 역시 불이 들어온 뒤였다. 아내는 자기 방으로 나를 오라는 것이다. 이런 일은 또 처음이다. 아내는 끊임없이 얼굴에 미소를 띠고 내 팔을 이끄는 것이다. 나는 이런 아내의 태도 이면에 엔간치 않은 음모가 숨어 있지나 않은가 하고 적이 불안을 느끼지 않을 수 없었다.

나는 아내의 하자는 대로 아내 방으로 끌려갔다. 아내 방에는 저녁 밥상이 조촐하게 차려져 있는 것이다. 생각하여 보면 나는 이틀을 굶었다. 나는 지금 배고픈 것까지도 긴가민가 잊어버리고 어름어름하던 차다.

나는 생각하였다. 이 최후의 만찬을 먹고 나자마자 벼락이 내려도 나는 차라리 후회하지 않을 것을. 사실 나는 인간 세상이 너무나 심심해서 못 견디겠던 차다. 모든 것이 성가시고 귀찮았으나 그러나 불의의 재난이라

and wet that in my confusion I forgot to knock and I saw something my wife wouldn't want me to see. I splashed across the floor and into my own room, leaving big footprints in my wake; I threw off my soaked clothes and wrapped myself in the quilt. I began to shiver; the chills increased in intensity. The earth seemed about to collapse under me. I lost consciousness.

Next day when I woke, my wife was sitting by my pillow wearing a worried expression. I had caught a chill. I was still cold; my head was aching; I was drooling and miserable; my legs and arms were stretched in fatigue. My wife felt my forehead and said I'd have to take medicine. From the cold of her hand on my forehead I knew I had quite a temperature. If I have to take something, I thought, it'll be an antipyretic. My wife handed me four white pills and a cup of warm water. "Take these," she said. "Have a good sleep and you'll be fine." I popped the pills into my mouth. From the acrid taste I figured they were aspirin. I pulled up the quilt and fell into the sleep of the dead.

I had a runny nose and was sick for several days. I kept taking the pills all the while. My cold got better, but I still had the taste of sumac in my mouth.

는 것은 즐겁다. 나는 마음을 턱 놓고 조용히 아내와 마주 이 해괴한 저녁밥을 먹었다. 우리 부부는 이야기하는 법이 없었다. 밥을 먹은 뒤에도 나는 말이 없이 그냥 부스스 일어나서 내 방으로 건너가 버렸다. 아내는 나를 붙잡지 않았다. 나는 벽에 기대어 앉아서 담배를 한 대 피워 물고 그리고 벼락이 떨어질 테거든 어서 떨어져라 하고 기다렸다.

5분! 10분!

그러나 벼락은 내리지 않았다. 긴장이 차츰 늘어지기 시작한다. 나는 어느덧 오늘 밤에도 외출할 것을 생각하고 있었다. 돈이 있었으면 하고 생각하고 있었다.

그러나 돈은 확실히 없다. 오늘은 외출하여도 나중에 올 무슨 기쁨이 있나. 나는 앞이 그냥 아뜩하였다. 나는 화가 나서 이불을 뒤집어쓰고 이리 뒹굴 저리 뒹굴 굴렀다. 금시 먹은 밥이 목으로 자꾸 치밀어 올라온다. 메스꺼웠다.

하늘에서 얼마라도 좋으니 왜 지폐가 소낙비처럼 퍼붓지 않나. 그것이 그저 한없이 야속하고 슬펐다. 나는 이렇게밖에 돈을 구하는 아무런 방법도 알지는 못했다. 나는 이불 속에서 좀 울었나보다. 돈이 왜 없냐면

I began getting the urge to go out again. But my wife advised me not to go out. She told me to take my pills and rest in bed. It was on a foolish outing, she said, that I had caught the cold and caused her so much bother. This was true. So I promised not to go out. I would keep taking my pills and build myself up.

I pulled the quilt over my head and slept. For some strange reason I couldn't keep my eyes open night or day. I believed firmly that my constant sleepiness was a sign I was getting physically stronger.

I spent most of a month like this. My hair and beard were so unbearably scruffy I thought I'd have a look in the mirror. So when my wife went out, I took the opportunity to slip into her room and sit at her dressing table. I was a sight to behold: hair and beard were a mess. I'll have to get a haircut today, I thought, as I took the caps off the cosmetics and sniffed. Among the fragrances I had forgotten for the past while was that body smell which always knotted me into a ball. I whispered her name in my heart, *Yonshimi!*

And I played the fire game—it had been such a long time. And the mirror games too. The sunlight

서…….

　그랬더니 아내가 또 내 방에를 왔다. 나는 깜짝 놀라
아마 인제서야 벼락이 내리려나 보다 하고 숨을 죽이고
두꺼비 모양으로 엎뎌 있었다. 그러나 떨어진 입을 새
어나오는 아내의 말소리는 참 부드러웠다. 정다웠다.
아내는 내가 왜 우는지를 안다는 것이다. 돈이 없어서
그러는 게 아니란다. 나는 실없이 깜짝 놀랐다. 어떻게
저렇게 사람의 속을 환하게 들여다보는가 해서 나는 한
편으로 슬그머니 겁도 안 나는 것은 아니었으나 저렇게
말하는 것을 보면 아마 내게 돈을 줄 생각이 있나 보다,
만일 그렇다면 오죽이나 좋은 일일까. 나는 이불 속에
뚤뚤 말린 채 고개도 들지 않고 아내의 다음 거동을 기
다리고 있으니까, 옜소 하고 내 머리맡에 내려뜨리는
것은 그 가뿐한 음향으로 보아 지폐에 틀림없었다. 그
리고 내 귀에다 대고 오늘일랑 어제보다도 좀 더 늦게
들어와도 좋다고 속삭이는 것이다. 그것은 어렵지 않
다. 위선 그 돈이 무엇보다도 고맙고 반가웠다.
　어쨌든 나섰다. 나는 좀 야맹증이다. 그래서 될 수 있
는 대로 밝은 거리로 골라서 돌아다니기로 했다. 그러

streaming in the window was uncommonly warm. It's May, I thought, isn't it?

I had a big stretch, threw my wife's pillow on the floor and pillowed on it. I wanted to boast to God about the lovely peaceful times I was enjoying. I made no compromise with the world. God would neither praise nor punish me.

Next moment something really shocking caught my eye. A box of Adalin sleeping pills. I found them under my wife's dressing table. They looked just like aspirin. I opened the box. Four gone.

I remember eating four aspirin this morning. And I slept. I had been so unbearably sleepy yesterday, the day before and the day before that. Even after my cold cleared up, my wife kept giving me aspirin. There was a fire one day in one of the houses, and I slept though it—I knew nothing. That's how deeply I slept. I'd been taking Adalin for a month and thought I was taking aspirin. This was very serious indeed.

I was suddenly dizzy; I thought I might faint. I put the box of pills in my pocket and left the house. I started up the mountain; I didn't want to look at anyone or anything. I tried not to think of my wife and me as I walked, because I knew I could easily

고는 경성역 일이등 대합실 한 곁 티룸[28]에를 들렀다. 그것은 내게는 큰 발견이었다. 거기는 위선 아무도 아는 사람이 안 온다. 설사 왔다가도 곧들 가니까 좋다. 나는 날마다 여기 와서 시간을 보내리라 속으로 생각하여 두었다.

제일 여기 시계가 어느 시계보다도 정확하리라는 것이 좋았다. 섣불리 서투른 시계를 보고 그것을 믿고 시간 전에 집에 돌아갔다가 큰코를 다쳐서는 안 된다.

나는 한 박스에 아무것도 없는 것과 마주 앉아서 잘 끓은 커피를 마셨다. 총총한 가운데 여객들은 그래도 한잔 커피가 즐거운가보다. 얼른얼른 마시고 무얼 좀 생각하는 것같이 담벼락도 좀 쳐다보고 하다가 곧 나가 버린다. 서글프다. 그러나 내게는 이 서글픈 분위기가 거리의 티룸들의 그 거추장스러운 분위기보다는 절실하고 마음에 들었다. 이따금 들리는 날카로운 혹은 우렁찬 기적 소리가 모차르트보다도 더 가깝다. 나는 메뉴에 적힌 몇 가지 안 되는 음식 이름을 치읽고[29] 내리 읽고 여러 번 읽었다. 그것들은 아물아물한 것이 어딘가 내 어렸을 때 동무들 이름과 비슷한 데가 있었다.

거기서 얼마나 내가 오래 앉았는지 정신이 오락가락

faint on the road. I wanted to find a sunny place, to sit there and slowly examine my relationship with my wife. All I could think of was the newly blossomed forsythia—I hadn't seen it so far this year—the larks in the air, and stories of stones hatching chicks. Fortunately I didn't pass out by the roadside.

There was a bench there. I sat down and began to consider the aspirin and Adalin question. I was so confused I couldn't think straight. It took less than five minutes for the irritating questions that filled my head to put me in rotten humor. I took the Adalin out of my pocket and chewed the remaining six tablets. They tasted funny. Then I stretched out longways on the bench. Why did I do this? I have no idea. I suppose I just wanted to do it. I fell into a deep sleep. As I slept I could hear the water trickling between the stones.

I didn't wake until early the following morning. I had slept through the night. The landscape was totally yellow. Thoughts of aspirin and Adalin flashed like lightning through the yellowing light.

Aspirin, Adalin, aspirin, Adalin, Marx, Malthus, matroos, aspirin, Adalin...

For a month my wife had fed me Adalin, tricking

하는 중에 객이 슬며시 뜸해지면서 이 구석 저 구석 걷어치우기 시작하는 것을 보면 아마 닫을 시간이 된 모양이다. 11시가 좀 지났구나, 여기도 결코 내 안주의 곳은 아니구나, 어디 가서 자정을 넘길까, 두루 걱정을 하면서 나는 밖으로 나섰다. 비가 온다. 빗발이 제법 굵은 것이 우비도 우산도 없는 나 고생을 시킬 작정이다. 그렇다고 이런 괴이한 풍모를 차리고 이 홀에서 어물어물하는 수는 없고 에이, 비를 맞으면 맞았지 하고 나는 그냥 나서버렸다.

대단히 선선해서 견딜 수가 없다. 코르덴 옷이 젖기 시작하더니 나중에는 속속들이 스며들면서 치근거린다. 비를 맞아 가면서라도 견딜 수 있는 데까지 거리를 돌아다녀서 시간을 보내려 하였으나 인제는 선선해서 이 이상은 더 견딜 수가 없다. 오한이 자꾸 일어나면서 이가 딱딱 맞부딪는다. 나는 걸음을 재치면서[30] 생각하였다. 오늘 같은 궂은 날도 아내에게 내객이 있을라구. 없겠지 하는 생각이 드는 것이다. 집으로 가야겠다. 아내에게 불행히 내객이 있거든 내 사정을 하리라. 사정을 하면 이렇게 비가 오는 것을 눈으로 보고 알아주겠지.

me into thinking they were aspirin. The box of Adalin I found in her room was clear proof.

Why did she want me to sleep all the time?

While she had me asleep, what was she doing?

Was she trying to kill me little by little?

On further consideration, maybe it was aspirin I had been taking for the last month. Maybe she was taking the Adalin herself because something was bothering her and she couldn't sleep. That put me in a very bad light. How awful to entertain terrible doubts about my wife!

So I got down quickly off the bench. My legs were unstable and I felt dizzy. With great difficulty I began to walk home. It was nearly 8 a.m.

I wanted to confess all my misconceived thoughts and ask my wife's forgiveness. I was in such a hurry I forgot what I had to say.

What happened next was simply awful. I saw something I should never—ever—see. I closed the sliding door quickly and stood there for a moment, head down, eyes closed. I held on to the pillar, trying to control a fit of dizziness. Suddenly the sliding door whammed open, and my wife, her dress in disarray, reached out and grabbed me by the throat. I was dizzy and tumbled down. She fell on

부리나케 와 보니까 그러나 아내에게는 내객이 있었다. 나는 그만 너무 춥고 척척해서 얼떨김에 노크하는 것을 잊었다. 그래서 나는 보면 아내가 좀 덜 좋아할 것을 그만 보았다. 나는 감발자국 같은 발자국을 내면서 덤벙덤벙 아내 방을 디디고 그리고 내 방으로 가서 쭉 빠진 옷을 활활 벗어버리고 이불을 뒤썼다. 덜덜덜덜 떨린다. 오한이 점점 더 심해 들어온다. 여전 땅이 꺼져 들어가는 것만 같았다. 나는 그만 의식을 잃어버리고 말았다.

이튿날 내가 눈을 떴을 때 아내는 내 머리맡에 앉아서 제법 근심스러운 얼굴이다. 나는 감기가 들었다. 여전히 으시시 춥고 또 골치가 아프고 입에 군침이 도는 것이 쓸쓸하면서 다리팔이 척 늘어져서 노곤하다.

아내는 내 머리를 쓱 짚어보더니 약을 먹어야지 한다. 아내 손이 이마에 선뜩한 것을 보면 신열이 어지간한 모양인데 약을 먹는다면 해열제를 먹어야지 하고 속생각을 하자니까 아내는 따뜻한 물에 하얀 정제약 네 개를 준다. 이것을 먹고 한잠 푹 자고 나면 괜찮다는 것이다. 나는 널름 받아먹었다. 쌉싸름한 것이 짐작 같아서는 아마 아스피린인가 싶다. 나는 다시 이불을 쓰고 단

72

top of me and began to shred me with her teeth. It was so painful I thought I'd die. But I hadn't the strength of mind or body to resist. I just lay on my belly wondering what would happen next. Then the man came out, swept my wife into his arms and carried her inside. My wife said nothing. I was shocked by her submissiveness when the man carried her in his arms. I hated it.

My wife was very abusive: she accused me of being out all night robbing people and whoring. This was too much! I was so shocked I couldn't say anything.

I wanted to shout, "You're the one who tried to kill me," but if I spluttered out something so rash— perhaps even baseless—there was no knowing what awful mischief might result. Common sense said better stomach my pain.

I'll never know why I did what I did next, but I dusted myself off, got up, took out whatever change was left in my pocket, opened the sliding door gently, left the money on the doorsill and took off at a run.

Several times I was almost hit by a car, but I managed to get to Seoul Station. I sat down in a place with no one facing me and wondered what I might

번에 그냥 죽은 것처럼 잠이 들어버렸다.

나는 콧물을 훌쩍훌쩍하면서 여러 날을 앓았다. 앓는 동안에 끊이지 않고 그 정제약을 먹었다. 그러는 동안에 감기도 나았다. 그러나 입맛은 여전히 소태처럼 썼다.

나는 차츰 또 외출하고 싶은 생각이 났다. 그러나 아내는 나더러 외출하지 말라고 이르는 것이다. 이 약을 날마다 먹고 그리고 가만히 누워 있으라는 것이다. 공연히 외출을 하다가 이렇게 감기가 들어서 저를 고생을 시키는 게 아니냔다. 그도 그렇다. 그럼 외출을 하지 않겠다고 맹서하고 그 약을 연복(連服)[31]하여 몸을 좀 보해 보리라고 나는 생각하였다. 나는 날마다 이불을 뒤집어쓰고 밤이나 낮이나 잤다. 유난스럽게 밤이나 낮이나 졸려서 견딜 수가 없는 것이다. 나는 이렇게 잠이 자꾸만 오는 것은 내가 몸이 훨씬 튼튼해진 증거라고 굳게 믿었다.

나는 아마 한 달이나 이렇게 지냈나보다. 내 머리와 수염이 좀 너무 자라서 홋홋해서[32] 견딜 수가 없어서 내 거울을 좀 보리라고 아내가 외출한 틈을 타서 나는 아내 방으로 가서 아내의 화장대 앞에 앉아 보았다. 상

get to take the bitter taste out of my mouth.

Coffee! Yes, that would be good. Here I was in the station hall and I realized I hadn't a penny in my pocket. The rest is a bit vague. I hesitated—life-less—I didn't know what to do. I went back and forth, back and forth, like a man in a daze.

I have no idea where I went. All I know is that several hours later when I realized I was on the roof of Mitsukoshi Department Store, it was nearly midday.

I hunkered down and reflected on the twenty-six years of my life. The hazy recesses of memory produced nothing noteworthy.

I asked myself again. Do you have any desire in life? I didn't want to answer yes or no. I had diffi-culty coming to grips with the fact of my existence.

I bent down and looked at the goldfish. They were beautiful. Big and small—all fresh and lovely to behold. In the beaming May sunlight the goldfish cast a shadow on the bottom of the jar. Their fins rippled as if imitating a waving handkerchief. I was so intent on counting the fins that I didn't straighten up for a long time. My back was warm.

I looked at the grimy street. Weary lives floun-dered there, oscillating like the fins of the goldfish;

당하다. 수염과 머리가 참 산란하였다. 오늘은 이발을 좀 하리라 생각하고 겸사겸사 고 화장품 병들 마개를 뽑고 이것저것 맡아보았다. 한동안 잊어버렸던 향기 가운데서는 몸이 배배 꼬일 것 같은 체취가 전해 나왔다. 나는 아내의 이름을 속으로만 한번 불러보았다. '연심(蓮心)이─' 하고…….

오래간만에 돋보기 장난도 하였다. 거울 장난도 하였다. 창에 든 볕이 여간 따뜻한 것이 아니었다. 생각하면 5월이 아니냐.

나는 커다랗게 기지개를 한번 펴보고 아내 베개를 내려 베고 벌떡 자빠져서는 이렇게도 편안하고 즐거운 세월을 하느님께 흠씬 자랑하여 주고 싶었다. 나는 참 세상의 아무것과도 교섭을 가지지 않는다. 하느님도 아마 나를 칭찬할 수도 처벌할 수도 없는 것 같다.

그러나 다음 순간 실로 세상에도 이상스러운 것이 눈에 띄었다. 그것은 최면약 아달린[33] 갑이었다. 나는 그것을 아내의 화장대 밑에서 발견하고 그것이 흡사 아스피린처럼 생겼다고 느꼈다. 나는 그것을 열어보았다. 똑 네 개가 비었다.

나는 오늘 아침에 네 개의 아스피린을 먹은 것을 기

lives that couldn't get free, tangled around an invisible sticky cord. Fatigue and hunger are dragging me down, I thought, sucking me inexorably into the grime of the street.

Where to now? I wondered as I came away. My wife's face came at me like a thunderbolt. Aspirin and Adalin.

It was a mutual misunderstanding. Surely my wife didn't give me Adalin instead of aspirin? I couldn't believe she would do that. She had no reason. So was I robbing and whoring that night? Believe me, no way.

As a couple we were fated to limp through life fundamentally out of step. There was no need to look for logic in what either of us did. There was no need to change anything. All we had to do was limp on through the world wherever fact and misunderstanding took us. Isn't that right? But should my steps lead back to my wife? That was hard to determine. Should I go back? Where should I go?

The midday siren wailed. A moment when everyone spread wings and fluttered like chickens while glass, steel, marble, paper and ink seethed to a crescendo. Midday dramatizing the exotic!

Suddenly my armpits were itchy. Ah, yes, that's

억하고 있었다. 나는 잤다. 어제도 그제도 그끄제도―
나는 졸려서 견딜 수가 없었다. 나는 감기가 다 나았는
데도 아내는 내게 아스피린을 주었다. 내가 잠이 든 동
안에 이웃에 불이 난 일이 있다. 그때에도 나는 자느라
고 몰랐다. 이렇게 나는 잤다. 나는 아스피린으로 알고
그럼 한 달 동안을 두고 아달린을 먹어온 것이다. 이것
은 좀 너무 심하다.

별안간 아뜩하더니 하마터면 나는 까무러칠 뻔하였
다. 나는 그 아달린을 주머니에 넣고 집을 나섰다. 그리
고 산을 찾아 올라갔다. 인간 세상의 아무것도 보기가
싫었던 것이다. 걸으면서 나는 아무쪼록 아내에 관계되
는 일은 일절 생각하지 않도록 노력하였다. 길에서 까
무러치기 쉬우니까. 나는 어디라도 양지가 바른 자리
를 하나 골라 자리를 잡아가지고 서서히 아내에 관하여
서 연구할 작정이었다. 나는 길가에 돌창,[34] 핀 구경도
못한 진개나리꽃, 종달새, 돌멩이도 새끼를 까는 이야
기, 이런 것만 생각하였다. 다행히 길가에서 나는 졸도
하지 않았다.

거기는 벤치가 있었다. 나는 거기 정좌하고 그리고 그
아스피린과 아달린에 관하여 연구하였다. 그러나 머리

where my artificial wings once sprouted. They weren't there today. Erased pages of hope and desire flashed through my head—like flipping through the dictionary. I stopped. I wanted to cry out:

Wings, sprout again!

Let me fly, fly, fly; one more time let me fly.

One more time, let me try to fly!

Translated by Kevin O'Rourke

가 도무지 혼란하여 생각이 체계를 이루지 않는다. 단 5분이 못 가서 나는 그만 귀찮은 생각이 버쩍 들면서 심술이 났다. 나는 주머니에서 가지고 온 아달린을 꺼내 남은 여섯 개를 한꺼번에 질경질경 씹어 먹어버렸다. 맛이 익살맞다. 그러고 나서 나는 그 벤치 위에 가로 기다랗게 누웠다. 무슨 생각으로 내가 그따위 짓을 했나? 알 수가 없다. 그저 그러고 싶었다. 나는 게서 그냥 잠이 들었다. 잠결에도 바위틈을 흐르는 물소리가 졸졸 하고 귀에 언제까지나 아렴풋이 들려왔다.

내가 잠을 깨었을 때는 날이 환히 밝은 뒤다. 나는 거기서 일주야[35]를 잔 것이다. 풍경이 그냥 노—랗게 보인다. 그 속에서도 나는 번개처럼 아스피린과 아달린이 생각났다.

아스피린, 아달린, 아스피린, 아달린, 맑스, 말사스, 마도로스, 아스피린, 아달린.

아내는 한 달 동안 아달린을 아스피린이라고 속이고 내게 먹였다. 그것은 아내 방에서 이 아달린 갑이 발견된 것으로 미루어 증거가 너무나 확실하다.

무슨 목적으로 아내는 나를 밤이나 낮이나 재웠어야 됐나?

나를 밤이나 낮이나 재워 놓고 그리고 아내는 내가 자는 동안에 무슨 짓을 했나?

나를 조금씩 조금씩 죽이려던 것일까?

그러나 또 생각하여 보면 내가 한 달을 두고 먹어온 것은 아스피린이었는지도 모른다. 아내는 무슨 근심되는 일이 있어서 밤 되면 잠 잘 오지 않아서 정작 아내가 아달린을 사용한 것이나 아닌지, 그렇다면 나는 참 미안하다. 나는 아내에게 이렇게 큰 의혹을 가졌었다는 것이 참 안됐다.

나는 그래서 부리나케 거기서 내려왔다. 아랫도리가 홰홰 내어 저이면서 어찔어찔한 것을 나는 겨우 집을 향하여 걸었다. 8시 가까이였다.

나는 내 잘못 든 생각을 죄다 일러바치고 아내에게 사죄하려는 것이다. 나는 너무 급해서 그만 또 말을 잊어버렸다.

그랬더니 이건 참 너무 큰일 났다. 나는 내 눈으로는 절대로 보아서 안 될 것을 그만 딱 보아버리고 만 것이다. 나는 얼떨결에 그만 냉큼 미닫이를 닫고 그리고 현기증이 나는 것을 진정시키느라고 잠깐 고개를 숙이고 눈을 감고 기둥을 짚고 섰자니까 1초 여유도 없이 홱 미닫이가 다시 열리더니 매무새를 풀어 헤친 아내가 불쑥 내밀면서 내 멱살을 잡는 것이다. 나는 그만 어지러워서 게가 그냥 나둥그러졌다. 그랬더니 아내는 넘어진 내 위에 덮치면서 내 살을 함부로 물어뜯는 것이다. 아파 죽겠다. 나는 사실 반항할 의사도 힘도 없어서 그냥 넙죽 엎뎌 있으면서 어떻게 되나 보고 있자니까 뒤이어 남자가 나오는 것 같더니 아내를 한 아름에 덥석 안아 가지고 방으로 들어가는 것이다. 아내는 아무 말 없이 다소곳이 그렇게 안겨 들어가는 것이 내 눈에 여간 미운 것이 아니다. 밉다.

아내는 너 밤새워 가면서 도둑질하러 다니느냐, 계집질하러 다니느냐고 발악이다. 이것은 참 너무 억울하다. 나는 어안이 벙벙하여 도무지 입이 떨어지지를 않았다.

너는 그야말로 나를 살해하려던 것이 아니냐고 소리를 한번 꽥 질러보고도 싶었으나 그런 긴가민가한 소리를 섣불리 입 밖에 내었다가는 무슨 화를 볼는지 알 수 있나. 차라리 억울하지만 잠자코 있는 것이 위선 상책인 듯싶이 생각이 들길래 나는 이것은 또 무슨 생각으로 그랬는지 모르지만 툭툭 털고 일어나서 내 바지 포켓 속에 남은 돈 몇 원 몇십 전을 가만히 꺼내서는 몰래 미닫이를 열고 살며시 문지방 밑에다 놓고 나서는 그냥 줄달음박질을 쳐서 나와 버렸다.

여러 번 자동차에 치일 뻔하면서 나는 그대로 경성역을 찾아갔다. 빈자리와 마주 앉아서 이 쓰디쓴 입맛을 거두기 위하여 무엇으로나 입가심을 하고 싶었다.

커피? 좋다. 그러나 경성역 홀에 한 걸음 들여놓았을 때 나는 내 주머니에는 돈이 한 푼도 없는 것을, 그것을 깜빡 잊었던 것을 깨달았다. 또 아뜩하였다. 나는 어디선가 그저 맥없이 머뭇머뭇하면서 어쩔 줄을 모를 뿐이었다. 얼빠진 사람처럼 그저 이리 갔다 저리 갔다 하면서…….

나는 어디로 어디로 들입다 쏘다녔는지 하나도 모른다. 다만 몇 시간 후에 내가 미쓰코시[36] 옥상에 있는 것을 깨달았을 때는 거의 대낮이었다.

나는 거기 아무 데나 주저앉아서 내 자라온 스물여섯 해를 회고하여 보았다. 몽롱한 기억 속에서는 이렇다는 아무 제목도 불거져 나오지 않았다.

나는 또 나 자신에게 물어보았다. 너는 인생에 무슨 욕심이 있느냐고, 그러나 있다고도 없다고도, 그런 대

답은 하기가 싫었다. 나는 거의 나 자신의 존재를 인식하기조차도 어려웠다.

허리를 굽혀서 나는 그저 금붕어나 들여다보고 있었다. 금붕어는 참 잘들 생겼다. 작은 놈은 작은 놈대로 큰놈은 큰 놈대로 다 싱싱하니 보기 좋았다. 내리비치는 5월 햇살에 금붕어들은 그릇 바탕에 그림자를 내려뜨렸다. 지느러미는 하늘하늘 손수건을 흔드는 흉내를 낸다. 나는 이 지느러미 수효를 세어보기도 하면서 굽힌허리를 좀처럼 펴지 않았다. 등어리가 따뜻하다.

나는 또 회탁[37]의 거리를 내려다보았다. 거기서는 피곤한 생활이 똑 금붕어 지느러미처럼 흐늑흐늑 허비적거렸다. 눈에 보이지 않는 끈적끈적한 줄에 엉켜서 헤어나지들을 못한다. 나는 피로와 공복 때문에 무너져들어가는 몸뚱이를 끌고 그 회탁의 거리 속으로 섞여들어가지 않는 수도 없다 생각하였다.

나서서 나는 또 문득 생각하여 보았다. 이 발길이 지금 어디로 향하여 가는 것인가를……

그때 내 눈앞에는 아내의 모가지가 벼락처럼 내려 떨어졌다. 아스피린과 아달린.

우리들은 서로 오해하고 있느니라. 설마 아내가 아스

84

피린 대신에 아달린의 정량을 나에게 먹여왔을까? 나는 그것을 믿을 수는 없다. 아내가 대체 그럴 까닭이 없을 것이니. 그러면 나는 날밤을 새우면서 도둑질을, 계집질을 하였나? 정말이지 아니다.

우리 부부는 숙명적으로 발이 맞지 않는 절름발이인 것이다. 나나 아내나 제 거동에 로직을 붙일 필요는 없다. 변해할 필요도 없다. 사실은 사실대로 오해는 오해대로 그저 끝없이 발을 절뚝거리면서 세상을 걸어가면 되는 것이다. 그렇지 않을까?

그러나 나는 이 발길이 아내에게로 돌아가야 옳은가 이것만은 분간하기가 좀 어려웠다. 가야 하나? 그럼 어디로 가나?

이때 뚜— 하고 사이렌이 울었다. 사람들은 모두 네 활개를 펴고 닭처럼 푸드덕거리는 것 같고 온갖 유리와 강철과 대리석과 지폐와 잉크가 부글부글 끓고 수선을 떨고 하는 것 같은 찰나, 그야말로 현란을 극한 정오다.

나는 불현듯이 겨드랑이가 가렵다. 아하 그것은 내 인공의 날개가 돋았던 자국이다. 오늘은 없는 이 날개, 머릿속에서는 희망과 야심의 말소된 페이지가 딕셔너리 넘어가듯 번뜩였다.

나는 걷던 걸음을 멈추고 그리고 어디 한번 이렇게 외쳐보고 싶었다.

날개야 다시 돋아라.

날자. 날자. 날자. 한 번만 더 날자꾸나.

한 번만 더 날아 보자꾸나.

1) 영수(領受). 돈이나 물품 따위를 받아들임.
2) 경편(輕便). 가볍고 편하거나 손쉽고 편리함.
3) 지언(至言). 지극히 당연한 말. 또는 지극히 좋거나 중요한 말.
4) 소(素). 원소.
5) 여왕봉(女王蜂). 여왕벌.
6) 비웃. 청어(靑魚).
7) 탕고도란. 일제 강점기 때 쓰던 화장품 이름. 지금의 파운데이션보다 색깔이 더 짙고 딱딱함.
8) 칼표. 일제 강점기 때 판매되던 담배의 상품명. 칼표 딱지란 담뱃갑의 넓은 면으로 뜯어서 쓰는 딱지.
9) 벼르다. 일정한 비례에 맞추어서 여러 몫으로 나누다.
10) 해. 것.
11) 지리가미. 휴지. 치리가미.
12) 동체(胴體). 사람이나 동물의 몸에서, 목·팔·다리·날개·꼬리 따위를 제외한 가운데 부분.
13) 사루마타. 일본식 고쟁이.
14) 스스럽다. 수줍고 부끄러운 느낌이 있다.
15) 벙어리. 벙어리저금통.
16) 누깔잠. 눈깔비녀.
17) 진솔. 옷이나 버선 따위가 한 번도 빨지 않은 새것 그대로인 것.
18) 일변. 한편.
19) 조소(嘲笑). 비웃음.
20) 고소(苦笑). 쓴웃음.
21) 홍소(哄笑). 입을 크게 벌리고 웃거나 떠들썩하게 웃음. 또는 그 웃음.
22) 질풍신뢰. 심한 바람과 번개라는 뜻으로, 빠르고 심하게 변하는 상태를 이르는 말.

23) 광대무변. 넓고 커서 끝이 없음.

24) 암상스럽다. 보기에 남을 시기하고 샘을 잘 내는 데가 있다.

25) 냉회. 불기운이 전혀 없는 차가워진 재.

26) 삼고(三考). 세 번 생각함. 또는 여러 번 생각함.

27) 쓰레질. 비로 쓸어서 집 안을 깨끗이 하는 일.

28) 티룸. 다방.

29) 치읽다. 밑에서 위쪽으로 글을 읽다.

30) 재우치다. '빨리 몰아치거나 재촉하다'의 북한어.

31) 연복(連服). 약을 일정한 기간 동안 계속하여 복용함.

32) 훗훗하다. 약간 갑갑할 정도로 훈훈하게 덥다.

33) 아달린. 최면제나 진정제로 쓰는 디에틸브롬아세틸 요소로
만든 약품. 쓴맛이 있고 냄새가 없는 흰색의 가루이다.

34) 돌창. '도랑창'의 준말.

35) 일주야. 만 하루. 24시간을 이른다.

36) 미쓰코시. 미쓰코시 백화점. 일제 강점기 당시 서울에 있었던
백화점으로 현재 명동에 위치한 신세계백화점의 전신.

37) 회탁. 회색으로 탁함.

* 작가 고유의 문체나 당시 쓰이던 용어를 그대로 살려 원문에
최대한 가깝게 표기하고자 하였다. 단, 현재 쓰이지 않는 말이
나 띄어쓰기는 현행 맞춤법에 맞게 표기하였다.

《조광(朝光)》, 1936

해설

Afterword

강요된 선택과 현대인의 비극
─이상의 「날개」에 대하여

류보선 (문학평론가)

  흔히 작가 이상의 대표작으로 일컬어지는 「날개」는 현대인의 비극적 실존에 대한 치밀한 임상보고서이다. 「날개」는 비유하자면 소설로 쓴 「오감도」이다. 「오감도」의 경우처럼 「날개」도 현존재들의 실존 형식을 결정짓는 현대성의 구조를 투시하고 현존재 모두를 막다른 골목에 몰아넣는 현대에 대해 어두운 전망을 제시한다. 다만 차이가 있다면 「날개」는 현대인의 주체화 (subjectivisation) 과정에 포커스를 맞추고 있다는 점이다. 「날개」의 주제를 앞질러 말하자면 이렇다. '길을 찾는 자는 길을 잃고 길을 찾지 않을 자유는 아무에게도 없다'고.

Forced "Choice" and the Tragedy of a Modern Man: Yi Sang's "Wings"

Lyoo Bo Sun (literary critic)

"Wings," often considered *the* most representative work by Yi Sang, is an elaborate and clinical-like report on the tragic existence of a modern man. One might call it a short-story version of the author's poem "Ogamdo." As in "Ogamdo," the author sees through the structure of modernity, which defines an existential framework of contemporary human beings, and presents a bleak outlook on modernity, a reality that drives all beings into a dead-end alley. The difference between the two works is that "Wings" focuses on the process of a modern man's subjectivization in the Lacanian sense. The theme of "Wings" can be summarized as: A man

「날개」는 이상의 소설 작품 중 가장 단순한 구조를 보인다. 「날개」는 백치 상태(혹은 '박제가 되어 버린 천재')인 '나'에서 시작하여 '날개야 다시 돋아라/ 날자, 날자, 날자. 한 번만 더 날자꾸나/한 번만 더 날아보자꾸나'를 '외쳐보고 싶'은 '나'로 변하는 것으로 마무리된다. 이러한 '나'의 전신(轉身) 과정을 통하여 현대인의 주체화 과정과 현대성의 구조를 보여주는 작품이 바로 「날개」이다.

여기, '나'가 있다. 「날개」 앞부분의 '나'는 백치와 같은 존재이다. '나'에게서 그 어떤 삶의 흔적, 경험, 역사, 의식, 그리고 목적을 찾아볼 수 없다는 점에서 그렇다. 하지만 어떤 측면에서 '나'는 이 소설 앞부분의 에프그램에 나온 표현처럼 '박제가 되어 버린 천재'이기도 하다. 그러나 '나'가 어디에 가까운가는 별로 중요하지 않다. 「오감도」의 표현을 빌려 말하자면, '백치'라도 좋고 '박제가 되어 버린 천재'여도 좋다. 중요한 것은 「날개」의 '나'가 주체를 형성시키는 대타자의 상징적 개입을 받지 않는 존재라는 것이다. '나'는 세계와 단절된 상태로 그리고 대타자의 명령으로부터도 자유로운 채로 거울을 가지고 논다. 특히 매춘부인 아내가 손님들과 돈을 매개

who looks for a way is sure to get lost, while nobody has the freedom not to look for a way.

"Wings" has the simplest structure among Yi Sang's short stories. It begins with the narrator who has become an idiot or "a stuffed genius" and ends with him shouting "Wings, sprout again!/ Let me fly, fly, fly; one more time let me fly." The story shows the process of a modern man's subjectivization and the structure of modernity through this process of the narrator's transformation.

In the beginning of "Wings," the narrator is like an idiot, because he does not have any experience, history, self-consciousness, or goal in life. Yet, in a sense, he is also "a stuffed genius," as shown in the epigram in the beginning of this short story. However, whether he is more like an idiot or a genius does not really matter. Whichever he is—idiot or genius—what's important is that he is a being before the symbolic intervention of the Other, i.e., a being before subjectivization.

The narrator plays with a mirror, while isolated from the world and free from the order of the Other. In particular, when he witnesses his wife, a prostitute, exchanging sex for money with her customers, he simply studies "why [his] wife always

로 섹슈얼리티를 교환하는 것을 보고 들으면서도 '나'는 '아내에게는 왜 늘 돈이 있나 왜 돈이 많은가를 연구'할 뿐 이 엄정한 교환가치의 세계를 자기화하지 않는다.

이렇게 대타자의 질서 바깥에 존재하던 '나'는 그러나 자발적인 것처럼 보이지만 실제로는 강요된 선택에 의해 모든 것이 교환되는 상징질서 속에 편입되기 시작한다. '나'는 어느 날 문득 '돈'에 의해 모든 것이 교환되는 세상에서 '돈'이라는 물신을 소유하고 사용하는 자들의 '쾌감'에 관심을 기울인다. 그리고 그 '쾌감'을 경험하기 위해 세상 속으로 들어선다. 그 첫 번째 외출에서 '나'가 경험한 것은 '쾌감'이 아니라 '피로'였으나 뜻밖의 곳에서 돈을 사용하는 '쾌감'을 경험한다. '나'는 첫날 외출에서 돈을 한 푼도 쓰지 못한다. 대신 방에 돌아와서 그 돈을 아내에게 쥐어준다. 그리곤 아내의 방에서 비로소 자게 됨으로써 돈의 효용성 혹은 돈을 사용할 때의 쾌감을 경험한다.

그 이후 '나'는 아내의 방에서 자기 위해 계속 외출을 시도한다. 그러나 '나'는 곧 '돈이 없다'는 사실 앞에 절망한다. 세상 속으로 나아가기 위해서도, 그리고 다시 돌아와 아내의 방에서 자기 위해서도 '돈'이 필요한 터, 그

has money, why she always has lots of money," without incorporating this world of exchange value into his world.

However, the narrator gradually begins to be incorporated into the symbolic order, where everything is exchanged, apparently voluntarily, but in fact through a forced choice. One day he is suddenly interested in the "pleasure" obtained by those who own and use the fetish of money in the world. In order to experience this "pleasure," he enters the world. Although he experiences "tiredness" rather than "pleasure" from his outing, he experiences the pleasure of using money in an unexpected place after his return home. During his first outing, he does not use his money at all. Instead, he hands it to his wife when he returns home. As a result, he finally sleeps in his wife's room, and he experiences the usefulness of money, or the pleasure of using money.

Since that day, he continues to try to go out in order to sleep in his wife's room. However, he soon despairs in the face of the reality of having no money at all. In order to enter the world, and to return home and sleep in his wife's room, he needs money; but he has no money left. At this juncture,

러나 '나'에겐 돈이 없다. 이때 '나'의 아내가 은밀한 거래를 제안한다. '나'의 아내는 내객들과의 보다 자유로운 분위기를 위해 '나'에게 돈을 쥐어주며 은근히 외출을 유도한다. "오늘일랑 어제보다도 좀 더 늦게 들어와도 좋다고 속삭이"며. '나'는 이 거래를 받아들인다. 그러면서 '나'는 '나'와 아내 사이의 2자 관계에서 '나'와 '나'의 아내와 아내의 내객(들)이라는 3자 관계의 단계로 접어든다. 말하자면 '나'는 뒤늦은 나이에 오이디푸스적 구조, 그러니까 상징적 질서 속으로 진입하기에 이른 셈이다.

하지만 '나'는 의식한 것은 아니지만 무의식적으로 이 오이디푸스 단계를 거부한다. '나'는 자신의 의도와 다르게 아내와 내객(들) 사이를 자꾸 방해한다. 그리고 아내와의 묵계를 깨뜨리고 너무 일찍 아내의 방으로 돌아온 어느 날 '나'는 내 눈으로는 절대로 보아서 안 될 것을 그만 딱 보아버리고 만다. 이 원장면 앞에서 '나'는 속수무책이 된다. 이 순간 아내가 분노를 터뜨리고 '나'는 집을 나온다. 다시 그 기이한 3자 관계로 돌아가지 않겠다고 의사를 분명히 밝히기 위해 아내가 준 돈을 슬그머니 내놓고서. 하지만 그렇게 집을 나서는 순간 '나'는 길을 잃는다. '나'는 이 절대혼란, 그러니까 카오스 상태에

his wife proposes a transaction. In order to secure a freer atmosphere for her customers, his wife gives him money to induce his outings and whispers: "It's okay to come home a bit later tonight." The narrator accepts this transaction, and at the same time enters into the stage of a triangular relationship with his wife and her customers, instead of a binary one with his wife. In this sense, the narrator belatedly enters the Oedipal structure in the Lacanian sense, i.e. a symbolic order.

Nevertheless, the narrator rejects, albeit unconsciously, this Oedipal stage; he unintentionally interferes with the relationship between his wife and her customers. And on a day when he breaks his promise with his wife and returns home too early, he "[sees] something [he] should never, ever see." His wife flies into a rage and he leaves home, leaving money on the doorsill in order to clarify his intention never to return to that strange triangular relationship. But as soon as he leaves home, he gets lost. He dreams of flying in this absolutely chaotic state: "I stopped. I wanted to cry out:/ Wings, sprout again!/ Let me fly, fly, fly; one more time let me fly." However, this will of the narrator to escape is more like the last defensive mechanism before

서 어떤 비상을 꿈꾼다. "나는 걷던 걸음을 멈추고 그리고 어디 한 번 이렇게 외쳐보고 싶었다. / 날개야 다시 돋아라. / 날자, 날자, 날자, 한 번만 더 날자꾸나. / 한 번만 더 날아보자꾸나." 하지만 '나'의 이 탈출 의지는 상징적 질서 바깥으로 나가기 위한 결단이라기보다는 상징적 질서 안으로 들어서기 전의 마지막 방어기제 같은 것이다. '나'는 이미 충분히 확인한 터이다. '나'에게 선택할 자유가 없는 것은 아니지만 그 자유는 오로지 대타자의 대리인인 아내가 지시하는 것을 선택할 때만 허용된다는 것을. 결국 '나'는 상징적 질서 바깥으로 탈존하지 못하고 결국 나와 아내와 아내의 내객(들) 사이의 기이한 관계망 속으로 다시 끌려들어간다.

종합하자면, 「날개」는 백치 상태인 '나'가 아내의 거세 공포를 못 이겨 사회적 주체로 주체화되는 과정, 그러니까 '박제가 되어 버린 천재'로 전락하는 과정을 그린 소설이다. 아니면 한때 비상을 꿈꾸었던 '박제가 되어 버린 천재'가 또 한 번 더 지독한 '박제가 되어 버린 천재'가 되는 과정을 그린 소설이라고도 볼 수 있다. 어느 경우로 읽던 간에 「날개」가 '나'의 전락 과정을 통하여 이미 자신의 생명력을 상실한 금붕어나 닭처럼 살아갈

entering the symbolic order rather than a resolution to actually exit it. The narrator knows that although he is given the freedom of choice, this freedom is allowed only when he chooses what his wife, the agent of the Other, demands. In the end, the narrator cannot escape the symbolic order, but is dragged into the strange network of relationships among himself, his wife, and her customers.

In sum, "Wings" is a story that depicts the process of the narrator's subjectivization into a social subject because of his "castration anxiety" by his wife, i.e., the process of an idiot's fall into the state of "a stuffed genius." Or we might call it a short story that depicts the process in which "a stuffed genius" who once dreamt of flying becomes an even more "stuffed genius." Whichever it is, "Wings" is an excellent depiction of a modern man's tragic fate, in which he has no choice but to live like a goldfish or a chicken who has lost its vitality. Indeed, "Wings" is a remarkable work that acutely captures the fate of a modern human being who lives as an obedient body desiring the Other's desire. When we consider that this story was written in the 1930s, it is indeed a work of insight.

수밖에 없는 현대인의 비극적 운명을 치밀하게 그려낸 소설이라는 점에는 변함이 없다. 이렇게 본다면 「날개」는 대타자의 욕망을 욕망하며 순종하는 신체로 살아가는 현대인의 운명을 어떤 작품보다도 예리하게 포착한 놀라운 소설이라 할 수 있다. 이러한 현대성에 대한 깊은 성찰이 이미 1930년대 중반에 이루어졌다는 점을 감안하면 우리가 「날개」에 대해 느끼는 경이는 더욱 커질 수밖에 없다. 그러므로 이렇게 결론을 내야 한다. '「날개」는 정말 놀라운 소설이다'라고.

비평의 목소리

Critical Acclaim

이상은 처음으로 자연의 노예로부터 해방되어서 자연을 그의 문학적 오브제로 삼지 않은 최초의 모더니스트였다. (……) 그는 자연에 비루하게 귀화하지 않고 자연에 사람 또는 자기 자신의 정치적 취약성을 고백하는 태도를 명예롭게 청산한 최초의 근대인이었다.

고은, 『이상평전』, 청하, 1992

이상 문학은 여지없이 플라톤의 적자라 할 것이다. 우리 문학의 관념을 묻게 되는 것은 바로 여기서부터일 것이다. 황당무계함이란 이로 보면 관념의 별명이었다. 생명의 황금나무만 보아온 우리 문학에서 관념을 보는

Yi Sang was the first Korean writer who was lib-
erated from the enslavement to writing about na-
ture, the first modernist who did not take nature as
his literary object. [...] He was the first modern man
who did not pathetically return to nature, who hon-
orably banished the attitude of subsuming human
weakness or his own political weakness to nature.

Ko Un, *Yi Sang: A Critical Biography* (Paju: Ch'ŏngha, 1992)

Yi Sang's literature is no doubt Plato's legitimate
son. It guides us to wrestle with ideas and ideolo-
gies for the first time in our literary history. His ab-
surdity is another vehicle for his ideas. It was ab-

일은 실로 황당무계함이었던 것이다.

김윤식, 『이상소설연구』, 문학과비평사, 1988

이상의 시선은 건축물을 '투시'하는 시선이다. (……) 이상이 그의 시선을 고정시킨 대상은 식민지 도시 경성 (카프카적 권력)과 봉건적 가족제도(오이디푸스적 권력)에 기초한 식민지 구조라는 건축물이었다. 그는 건축과 권력을 투시하고 해체하고 조롱했다. 거기서 더 나아가 그는 '무기체 되기'의 전략을 채택했다. 무기체이기 때문에, 사회적 재생산(노동), 가족적 재생산(결혼하기와 아이 낳기)를 거부할 수 있었다. '무기체 되기'는 '텍스트 되기'의 전략으로 이어진다. 김해경으로부터 이상으로의 탈출, 그것은 '이상'이 되어 '이상'이라는 텍스트를 쓰고 '텍스트로서의 삶'을 창조해 내는 전략이다. (……) (그러나) 이상이라는 주체, 이상이라는 텍스트를 창안해낸 이상은 그 힘으로 김해경의 삶을 바꾸는 데에까지 이르지 못했고, 김해경으로서의 삶으로부터 끊임없이 도피하다 좌초했다. (……) 그의 실패는 한국문학사가 가져본 가장 철저하고 황홀한 실패였다.

신형철, 「시선의 정치학, 거울의 주체론」

surd to see these ideas in Korean literature, which
had seen only the golden tree of life.

Kim Yun-shik, *A Study of Yi Sang's Fiction*

(Seoul: Munhak-gwa-Pipyŏng, 1988)

Yi Sang's perspective is that of seeing through a
barrier. [...] What he saw through was the structure
of colonization, based on the colonized city
Kyŏngsŏng (Kafkaesque power) and feudal familial
structure (Oedipal power). Yi saw through, disassem-
bled, and ridiculed this edifice and its power. Fur-
thermore, he adopted the strategy of becoming an
inorganic being in the face of them. As an inorganic
being, he could refuse both social reproduction (la-
bor) and familial reproduction (marriage and children).
He then advanced the strategy of becoming an in-
organic being to the strategy of becoming a text.
An escape from Kim Hae-gyŏng (his birth name) to Yi
Sang—that is the strategy of becoming Yi Sang,
writing the text of Yi Sang, and creating life as text.
[...] [But] Yi Sang, who created the subject Yi Sang
and the text Yi Sang, could not attain a complete
transformation of Kim Hae-gyŏng. While continu-
ously escaping from life as Kim Hae-gyŏng, he ran
aground. [...] His failure was the most thorough and

『몰락의 에티카』, 문학동네, 2008

소설 「지주회시」와 「날개」는 일상적인 삶의 현실에 대한 일종의 환멸을 드러낸다. 이 작품들 속에 등장하는 인물들은 뿌리 뽑힌 도시인이며 소외된 지식인으로서의 현대인이다. 이들을 통해 그려내고 있는 도시적인 감각은 때로는 현대적인 것에 대한 무한한 동경과 추구를 보여주는 것 같지만 여기에는 인간적인 가치에 대한 동경과 향수가 음울하게 스며들어 있다. 이러한 감각의 양가적 특징은 이상 문학의 정신적인 폭에 해당한다. 그리고 이것은 이상 문학의 근본 정서이다.

권영민, 『이상 텍스트 연구-이상을 다시 묻다』, 뿔, 2009

brilliant failure in Korean literary history.

Sin Hyeong-cheol, "On Politics of Perspective and Subject of a Mirror," *Ethica of Downfall* (Paju: Munhak Dongne, 2008)

"A Spider Meets a Pig" and "Wings" reveal a sort of disillusionment about an ordinary life. The characters in these short stories are modern men as up-rooted urban dwellers and alienated intellectuals. Although we can sometimes sense endless aspirations and a pursuit of the modern in the urbane sensibilities depicted in them, they also contain strong and gloomy yearnings and nostalgia for humane values. This characteristic ambivalence reveals the spiritual breadth of Yi Sang's literature. And it is the basic emotion in his works.

Kwon Young-min, *A Study of Yi Sang's Texts: Questioning Yi Sang Again*, (Bucheon: Bbul, 2009)

이상

본명은 김해경(金海卿). 1910년 9월 23일 서울에서 태어났고, 1913년 백부 김연필의 집에 양자로 간다. 서울에서 출생한 데다 양자 경험을 했다는 점은 후에 이상이 모더니스트가 되는 데 결정적인 계기로 작용한다. 양자 경험은 전통에 대한 깊은 환멸을 느끼게 하고 서울 경험은 현대라는 새로운 징후에 누구보다도 먼저 눈뜨게 한다. 1917년 신명학교에 입학해 여기서 평생의 친구 화가 구본웅을 만나며, 이후 보성고등보통학교 시절에는 화가를 꿈꾸기도 한다. 1926년 경성고등공업학교 건축과에 입학하여 재학 중 학생 회람지《난파선》의 편집을 주도하고 시도 발표한 것으로 알려졌으나 잡지는 전하지 않는다. 1928년 경성고등공업학교 졸업 기념 사진첩에 본명인 김해경 대신 이상(李箱)이라는 이름을 쓴다. 1929년 경성고등공업학교 건축과를 수석으로 졸업한 후 조선총독부 내무국 건축과 기수가 되었고, 같은 해 조선건축회 일본어 학회지《조선과 건축》의 표지 도안 현상 모집에 1등과 3등으로 당선, 그림과 도안에

Yi Sang

Yi Sang was born Kim Hae-gyŏng in Seoul in 1910 and was sent to his sonless uncle Kim Yŏn-p'il as his adopted son. This background—born in Seoul and being an adopted son—contributed decisively to his becoming a modernist writer later in life. His experience of being an adopted son deeply disillusioned him about tradition, and his experience of Seoul exposed him to the symptoms of modernity early on. He entered Sinmyŏng School in 1917 and met his lifelong best friend, the painter Ku Pon-ung. During his Posŏng Kodŭng Potong School years, he himself had aspirations of becoming a painter. In 1926, he entered Department of Architecture at Kyŏngsŏng Industrial High School. Although it is known that he led the editing of student magazine *A Wrecked Ship* and that his own poems appeared in the magazine, copies of the magazine no longer exist. In 1928, he signed "Yi Sang" instead of Kim Hae-gyŏng for the first time in his graduation album. After graduating from Kyŏngsŏng Industrial High School at the top of his class in

서 재능을 발휘하기 시작한다.

이상의 본격적인 작품 활동은 1930년 2월부터 12월까지 조선총독부에서 간행하던 잡지 《조선》에 한글 소설 「12월 12일」을 '이상'이라는 필명으로 발표하며 시작된다. 이해 여름 폐결핵 증세로 처음 객혈을 경험한다. 1931년에는 조선미전(朝鮮美展)에 「자상(自像)」이 입선하고, 《조선과 건축》에 일본어로 쓴 씨 「이상한 가역반응」 등 20여 편을 발표한다. 1932년에는 「건축무한육면각체」 등의 시를 발표하는 한편, 「지도의 암실」 「휴업과 사정」 등 단편소설도 발표하기 시작한다.

1933년에는 결핵이 악화되어 퇴직하였고 요양 간 배천 온천에서 후에 이상 문학의 핵심적인 인물이자 모티브가 되는 기생 금홍을 만난다. 1933년부터는 금홍과 함께 다방 '제비'를 경영하기 시작하고, 이곳에서 김기림, 이태준, 박태원을 만난다. 이들과의 인연으로 《가톨릭청년》에 「꽃나무」 「이런 시」 등을 발표하는데, 이때부터 일본어로 된 글은 더 이상 발표하지 않는다. 1934년에 '구인회(九人會)'에 가입하며 본격적인 문단 활동을 시작한다. 이태준의 소개로 당시 조선의 징후적 현실로 대두한 현대성을 전위적으로 해석하고 표현한 연작시

1929, he got a job as a civil servant at the Chosŏn Government-General Department of Architecture. The same year, he won the first and third place prizes at the Chosŏn Architecture Society Japanese-language organ *Chosŏn and Architecture* cover design competition.

Yi Sang's literary activities began in 1930, when he serialized a Korean-language novel *December 12th* in the magazine *Chosŏn*, published by the Chosŏn Government-General, under the pen name Yi Sang. During that summer, he first showed symptoms of tuberculosis. In 1931, his "Self-portrait" was accepted at the Chosŏn Art Exhibition, and about 20 Japanese-language poems of his, including "A Strange Reversible Reaction," were published in *Chosŏn and Architecture*. In 1932, his major poems, including "Infinite Architectural Cubes" as well as his short stories, including "The Dark Room of a Map" and "Company Holiday and a Circumstance," were published.

In 1933 he left his work because of his worsening tuberculosis. He met the *kisaeng* [traditional entertainer/prostitute] Kŭmhong, who became an essential character and motif in his literature, in Baecheon Hot Springs, where he went for treatment.

「오감도」를 《조선중앙일보》에 게재하였으나 독자들의 항의로 15회 만에 중단한다. 이 충격으로 한동안 작품 활동을 거의 중단한다. 1935년에는 박태원의 소설 「소설가 구보씨의 일일」이 연재되는 동안 입체파적인 삽화를 그리기도 하고 또 1936년에는 구인회의 동인지 《시와 소설》을 거의 홀로 편집하기도 한다.

1936년 중반 「오감도」 연재 중단의 충격을 딛고 다시 본격적인 작품 활동을 시작하는데, 이 시기부터는 시보다는 단편소설에 모든 역량을 집중한다. 이때부터 금홍 등 자신이 관계했던 매춘부적 여성을 현대성의 핵심 상징으로 설정하고 그녀들과의 기이한 관계를 때로는 역설적으로 때로는 사소설적으로 표현한 소설들인 「지주회시」 「날개」 「동해」 「종생기」 등을 잇달아 발표한다. 현대성에 대한 이상 자신과 독자와의 시차(時差 혹은 視差)를 좁히는 데는 시적 은유보다는 이야기가 있는 소설이 더욱 적합하다는 판단 때문인 것으로 보이며, 이러한 판단은 잘 맞아 떨어져 이후 이상은 현대인의 내면과 현대성의 구조를 가장 깊게 천착한 작가로 재평가된다.

하지만 1936년 9월 폐결핵으로 위태로운 몸을 가지

He began to run the café "Chebi [Swallow]" with Kŭmhong the same year and met the writers Kim Ki-rim, Yi T'ae-jun, and Pak Taewon at his café. His connection with them led to his works, such as "A Flowering Tree" and "A Poem Like This," being published in the magazine *Catholic Youth*. He also stopped writing in Japanese at that time. He joined the literary coterie Kuinhoe [Circle of Nine] and began a full-blown writer's career in 1934. His poem "Ogamdo" was serialized at the *Chosŏn Chung'ang Ilbo* Newspaper, but it folded after Issue No. 15 because of a strong reader protest. Shocked by this reception, Yi Sang almost stopped writing. In 1935, he drew Cubist-style illustrations for Pak Taewon's serialized novel *A Day in the Life of Kubo the Novelist*. He took charge of the editing of *Poetry and the Novel*, the Kuinhoe magazine, in 1936.

He renewed his writing career in 1936, focusing more on short stories than on poems. Autobiographical and ironical short stories that feature prostitute-like women like Kŭmhong as symbols of modernity were published, including "A Spider Meets a Pig," "Wings," "East Sea," and "A Record of Ending My Life." This shift to the short-story genre seems to be based on his judgment that the genre

고 동경행을 감행한다. 이상 자신이 동시대 삶의 핵심적인 증환으로 제시한 현대성이 기대만큼 빠르게 도래하지 않자 그 실체를 좀 더 가까운 자리에서 확인하기 위한 것으로 보인다. 하지만 이상은 그곳에서 거대사물에 압도당한 도구로 전락한 인간을 보는 대신 서서히 군국주의화되어 가는 전쟁—기계들을 경험하며, 결국 그들에 의해 1937년 2월 불령선인(不逞鮮人; 불량하고 불온한 조선인)으로 일경에 체포·감금된다. 그리고 그 후유증으로 1937년 4월 17일 동경제대 부속병원에서 사망한다.

would be a better tool than poetry for narrowing the distance between himself and his readers on their views on modernity. These stories contributed to the re-establishment of Yi Sang's fame as a writer who deeply explored the consciousness of a modern man and the structure of modernity.

In September 1936, he went to Tokyo, despite his worsening health, to perhaps experience modernity up close. However, what Yi Sang witnessed in Tokyo was not human beings deteriorated into things, but war machines in a process of militarization. He was arrested as a *pulryǒng sǒnin* ("delinquent and disquieting Chosǒn person") by the Japanese police in February 1937. He died at the Imperial Tokyo University Hospital on April 17, 1937.

번역 **케빈 오록** Translated by Kevin O'Rourke

아일랜드 태생이며 1964년 가톨릭 사제로 한국에 왔다. 연세대학교에서 한국 문학 박사 학위를 받았으며, 한국의 소설과 시를 영어권에 소개하는 데 중점적인 역할을 해왔다.

Kevin O'Rourke is an Irish Catholic priest (Columban Fathers). He has lived in Korea since 1964, holds a Ph.D. in Korean literature from Yonsei University and has been at the forefront of the movement to introduce Korean literature, poetry and fiction, to the English speaking world.

바이링궐 에디션 한국 대표 소설 091

날개

2015년 1월 9일 초판 1쇄 발행

지은이 이상 | 옮긴이 케빈 오록 | 펴낸이 김재범
기획위원 정은경, 전성태, 이경재 | 편집 정수인, 이은혜, 김형욱, 윤단비 | 관리 박신영
펴낸곳 (주)아시아 | 출판등록 2006년 1월 27일 제406-2006-000004호
주소 서울특별시 동작구 서달로 161-1(흑석동 100-16)
전화 02.821.5055 | 팩스 02.821.5057 | 홈페이지 www.bookasia.org
ISBN 979-11-5662-067-9 (set) | 979-11-5662-068-6 (04810)
값은 뒤표지에 있습니다.

Bi-lingual Edition Modern Korean Literature 091

Wings

Written by Yi Sang I **Translated by** Kevin O'Rourke
Published by Asia Publishers I 161-1, Seodal-ro, Dongjak-gu, Seoul, Korea
Homepage Address www.bookasia.org I **Tel**. (822).821.5055 I **Fax**. (822).821.5057
First published in Korea by Asia Publishers 2015
ISBN 979-11-5662-067-9 (set) | 979-11-5662-068-6 (04810)

바이링궐 에디션 한국 대표 소설

한국문학의 가장 중요하고 첨예한 문제의식을 가진 작가들의 대표작을 주제별로 선정!
하버드 한국학 연구원 및 세계 각국의 한국문학 전문 번역진이 참여한 번역 시리즈!
미국 하버드대학교와 컬럼비아대학교 동아시아학과, 캐나다 브리티시컬럼비아대학교 아시아
학과 등 해외 대학에서 교재로 채택!